I0634183

Promenade

DE PARIS

A L'ANCIEN CHATEAU ROYAL DU JARD,

BERCEAU DE PHILIPPE-AUGUSTE.

IMPRIMERIE ANTHE. BOUCHER, RUE DES BONS ENFANS, N°. 34

PHILIPPE AUGUSTE.

nè au Jard près melun en 1165.

(Lith. de G. Engelmann)

ALIX DE CHAMPAGNE.

fondatrice du château du Jard vers 1163.

(Lith. de G. Engelmann)

PROMENADE
de Paris

à l'ancien Château Royal du Jard,

Berceau de Philippe Auguste(?)

Avec des Notes historiques et instructives sur
tous les Villages, Edifices, Châteaux, forteresses &ca.
qui se trouvent sur cette route.

Et ornée de Jolies Gravures

par

M. A. M. de S^t ...

Ancien Capitaine Adjudant Major.

Ici, c'est le passé qui parle au souvenir
Delille — Jardins.

Le Jard près Melun.

Lith de G. Engelmann.   G. Müller.

À PARIS.

Chez Mad^me Dufriche, Libraire.
Palais royal, Galerie de Pierre N°156.

1824.

AVANT-PROPOS.

« En exploitant avec soin (dit
» M. Malte-Brun) les annales his-
» toriques d'un petit domaine ,
» des routes solitaires conduisent
» à des découvertes, qui même
» lorsqu'elles n'ont pas une gran-
» de importance, récompensent
» le travail de leurs auteurs par
» la jouissance de l'étude. »

Tels sont les modestes résultats
auxquels se borne à prétendre
l'auteur de la *Promenade au*

Jard. Quelques anecdotes, des citations de divers auteurs, et des traits d'histoire relatifs aux endroits que l'on traverse ou que l'on aperçoit de la route, forment l'ensemble de ces souvenirs, qui réunissent dans quelques pages ce que l'on ne trouvait épars que dans beaucoup d'autres ouvrages.

Deux points historiques ont particulièrement fixé l'attention de l'auteur.

Le premier établit le degré de confiance que l'on doit avoir dans l'anecdote de Henri IV chez le meunier Michau à Lieusaint.

Le second est la preuve peu
connue de la naissance du roi
Philippe-Auguste au château du
Jard (1).

---

(1) Philippe-Auguste II fut un des rois les
plus remarquables de la monarchie ; les principaux événemens de son règne furent :

. La troisième croisade, où il commanda en
personne, et où il eut des succès balancés ;

La quatrième, où ses généraux remportèrent
les plus brillans avantages (*Voy*. pag. 46) ;

La guerre contre les Albigeois, nouvelle secte
rel gieuse regardée comme l'origine du protestantisme ;

La conquête de la Normandie et de la Touraine
sur les rois d'Angleterre, et la réunion définitive
de ces provinces à la couronne de France ;

La célèbre bataille de *Bouvines* en Flandres,
remportée sur l'empereur Othon IV et plusieurs
princes du Nord ligués, qui y perdirent, assure-
t-on, près de trente mille hommes ;

Le règne singulier, bien qu'éphémère, du

Cette rapide excursion sur un territoire voisin de la capitale, sera peut-être un peu frappée de l'éclat du grand jour; comptons sur l'indulgence du lecteur.

---

fils de Philippe-Auguste (depuis Louis VIII) sur le trône d'Angleterre.

On doit à ce monarque les premières bases de l'enseignement qui prit plus tard le nom d'Université ; — l'origine des règlemens municipaux ; — de nombreux embellissemens dans la capitale ; — la première garde-d'honneur de nos rois; — celle d'une armée soldée (jusque-là la paie était arbitraire), et enfin l'institution des charges de connétable et de maréchaux de France.

Philippe mourut dans la ville de Mantes, le 25 juillet 1223, à l'âge de cinquante-huit ans, dont il en avait passé quarante-trois sur le trône. Il était le septième souverain de la race des capétiens.

TABLE DES MATIÈRES.

LETTRE PREMIÈRE.

La Bastille.—Mort du maréchal de Biron.—
Pélisson.—Le Masque de Fer.—Voltaire.—Duc
de Richelieu.—Duchesse du Maine.—Labour-
donnaie.—Le cardinal de Rohan.—Destruction
de la Bastille.—Les Quinze-Vingts.—Anecdote
sur Piron.—Hôpital Saint-Antoine.—Foulques
de Neuilli.—Couronne d'épine.—Palais de Dagobert, dans la rue de Reuilli.—Manufacture
de glaces.—Hôpital de la Salpêtrière.—Rue de
Rambouillet. . . . . . . pag. 9 à 57

LETTRE IIe.

Vincennes.—Saint Louis rendant la justice.
—Philippe de Valois fonde le château actuel.—
Le roi Jean.—Isabeau de Bavière et son amant
Bois-Bourdon.— Henri V de Lancastre, roi
d'Angleterre.—Louis XI.—Mort de Charles IX.
—César de Vendôme.—Henri IV, Sully et Ga-
brielle d'Estrées.—Origine du dicton : Je m'en

PROMENADE

DE PARIS

A L'ANCIEN CHATEAU ROYAL DU JARD,

BERCEAU DE PHILIPPE-AUGUSTE.

~~~~~~

LETTRE PREMIÈRE.

*La Bastille.—Les Quinze-Vingts.—
L'hôpital Saint-Antoine.—Reuilli.
—Manufacture de glaces.—Hô-
pital de la Salpêtrière.— Rue de
Rambouillet.*

> « Qui que tu sois, qui viendras quelque jour
> » Me succéder dans ce lieu de misère;
> » Apprends de moi cette utile leçon,
> » Qu'on peut encore être heureux en prison. »

J'AI lu quelque part, que le mora-
liste *Lamothe-Le-Vayer* (né en 1588),
participant avec ardeur au goût de

son temps, prenait un plaisir extrê-
me aux relations des pays les plus
éloignés, et ne donnait aucune attention à ce qui se passait dans sa
patrie. Étant au lit de mort, un de
ses amis vint le voir : « *Eh bien !* s'écria
le moribond, *quelles nouvelles a-t-on
du Grand-Mogol ?* »

Aujourd'hui, le Grand-Mogol nous
occupe moins ; ce qui nous entoure
est exploré avec plus de soin, et beaucoup de monde pense comme un auteur contemporain : « Que c'est une
» curiosité fort naturelle que de cher-
» cher à savoir à qui l'on succède dans
» les lieux qu'on habite, et quelles tra-
» ces y laissèrent de leur passage ceux
» qui nous précédèrent. » — Imbu de

cette idée, j'entrepris dernièrement le voyage de *Paris au Jard*, berceau de Philippe-Auguste. La place de la Bastille fut mon point de départ, et c'est de là que je commençai mes remarques.

Cette place, ainsi nommée du château formidable dont il ne reste plus que le nom, a vu se succéder trop d'événemens pour n'en pas faire l'objet de ma première lettre.

LA BASTILLE. — Le mot *Bastille* était une dénomination générale que l'on donnait autrefois à tous les châteaux-forts défendus par quelques tourelles; ce nom tomba en désuétude, et la forteresse construite à Paris, à l'extrémité de la rue Saint-Antoine et à l'entrée du faubourg, conserva seule, comme nom propre, une dénomination qu'elle garda toujours.

Le roi de France *Jean* venait de mourir à Londres en 1364. *Charles* V, dit le Sage, son fils, qui lui avait succédé, prévoyant les difficultés qu'il aurait à soumettre une partie de ses états révoltés par l'or des Anglais, voulut se ménager une retraite sûre dans sa capitale : une nouvelle et forte enceinte fut ordonnée autour de Paris. *Hugues Aübriot*, qui en était prévôt, fut chargé de la direction de l'ouvrage. L'entrée du côté de Charenton demandait une citadelle imposante, et le prévôt posa, en 1370, la première pierre de la Bastille, qui ne fut entièrement terminée que sous le règne suivant.

Il semble que, de tout temps, une espèce de fatalité se soit attachée aux fondateurs ou aux artisans des supplices ou des prisons.

Chez les anciens, c'est le cruel inventeur du taureau de Phalaris qui y périt enfermé le premier.

Dans notre histoire, *Enguerrand de Marigny*, sous Philippe-le-Bel, est pendu (1315) au gibet de Mont-Faucon, qu'il avait fait élever.

Hugues Aubriot lui-même, accusé d'hérésie, passa une partie de sa vie sous les verroux de la Bastille qu'il venait de construire.

Sous Charles VI, cette forteresse fut

un des points dont les *Bourguignons* et les *Armagnacs* (factions qui divisaient alors l'État) cherchaient à s'emparer pour maîtriser la capitale. Les Armagnacs ou Orléanistes, ayant à leur tête le duc d'Orléans, second fils de Charles V, et le comte d'Armagnac son beau-père, disputaient l'administration du royaume pendant la démence du souverain, aux oncles du roi, les ducs de *Berry* et de *Bourgogne*. Des traités, aussitôt rompus que signés, n'avaient fait que masquer les prétentions et les haines. Les Bourguignons gouvernaient la capitale ; les Armagnacs s'y introduisent par surprise, se saisissent du roi en démence pour autoriser leurs prétentions. *Tannegui du*

Châtel, prévôt de Paris, tremblant pour les jours du dauphin (depuis Charles VII), n'a que le temps de courir à son hôtel, rue du Petit-Musc, de l'arracher au sommeil, de l'envelopper dans ses draps, et de le porter à la Bastille pour le conduire de là à Melun et à Bourges, pendant que la faction de Bourgogne faisait massacrer dans Paris tous les Orléanistes.

Reposons-nous de ces horreurs, et voyons, en 1601, Henri IV nommer *Sully* gouverneur de cette forteresse. *« Je ne connais que vous,* lui dit-il, *qui puissiez bien me servir, s'il m'arrive d'avoir des oiseaux en cage. »*

Ce fut l'année suivante, en 1602, qu'eut lieu, dans la cour de ce châ-

teau, l'exécution du *maréchal de Biron;* brave guerrier, il en donna des
preuves, mais le plus ingrat des hommes, puisqu'il voulut attenter à la vie
de son souverain après avoir été son
meilleur ami. Funeste résultat d'une
ambition sans bornes et d'une passion
effrénée pour le jeu.

Le maréchal de Biron avait vingt
fois défié la mort au milieu des com-
bats, sa fermeté l'abandonna sur l'é-
chafaud. Ce héros mourut en furieux
révolté.

« Le chancelier *Pomponne de Bel-
» lièvre* (dit Pierre de l'Etoile dans
» son journal) étant entré dans la
» chambre où était le maréchal, lui
» annonça qu'il allait lui lire l'arrêt

» de mort donné contre lui, et com-
» mença par faire les cérémonies ap-
» partenantes à la dégradation d'un
» maréchal de France, en pareil cas
» de crime capital de lèse-majesté.
» Puis on le fit mettre à genoux pour
» entendre le prononcé de son arrêt.
» Lorsque le greffier en fut à ces mots:
» *Pour avoir conspiré contre la per-*
» *sonne du Roi et de son État.* « Il
» n'est pas vrai, s'écria Biron. » Et à
» ceux-ci : *Condamné d'avoir la tête*
» *tranchée en place de Grève.* « En
» Grève! dit-il, voilà une belle récom-
» pense de mes services. » Sur quoi le
» chancelier prenant la parole, lui dit:
» Monsieur, le Roi vous a octroyé la
» grâce que vous lui avez fait deman-

I...

» der par vos parens, de ne point
» mourir publiquement; et partant,
» l'exécution de votre arrêt se fera en
» ce lieu de la Bastille. « Est-ce là la
» grâce qu'il me fait ? dit-il. Ah ! in-
» grat ! méconnaissant ! sans pitié ! Si
» quelquefois il semble en avoir usé,
» ce fut plutôt par crainte qu'autre-
» ment. » Puis il se déborda en injures
» contre le chancelier, l'appelant
» homme injuste, sans foi et sans loi.

 » Cependant il marchait à grands
» pas par la chambre, ayant le visage
» extrêmement conturbé et affreux.
» L'exécuteur entra et dit que l'heure
» se passait et qu'il fallait aller. Biron
» descendit la montée : quand il fut
» près de l'échafaud, ceux qui étaient

» là pour assister à cet affreux spec-
» tacle, au nombre d'environ quatre-
» vingts, ayant fait quelque bruit à
» son arrivée, il s'écria : « Que font
» là tant de marauds et de gueux ? »
» Puis il monta sur l'échafaud ; s'é-
» tant bandé les yeux et mis à ge-
» noux, il se leva et débanda aussitôt,
» s'écriant : « N'y a-t-il point de mi-
» séricorde pour moi ? » Puis, derechef,
» il dit au bourreau qu'il se retirât de
» lui, qu'il ne l'irritât pas et ne le mît
» au désespoir, s'il ne voulait qu'il
» l'étranglât, et plus de la moitié de
» ceux qui étaient là présens, des-
» quels plusieurs eussent voulu être
» hors, voyant cet homme non lié
» parler ainsi. Quelques momens après

» il se remit à genoux et se rebanda,
» et tout incontinent se releva sur
» pied, disant vouloir voir encore le
» ciel. Pour la troisième fois, il se re-
» mit à genoux, et comme il portait la
» main pour relever encore son ban-
» deau, le bourreau lui abattit la tête
» et deux doigts de la main.

» Telle fut la fin de Charles de Gon-
» taud, sieur de Biron, duc et pair, et
» maréchal de France, grand guerrier,
» plus vaillant que son épée, cupide de
» vaine gloire, ambitieux démesuré-
» ment, fier et hautain, défauts qui
» causèrent sa ruine et son malheur.»

Henri IV et Louis XIII avaient cessé
de régner; Louis XIV, âgé de cinq ans,
venait de monter sur le trône. Les dé-

sordres qui souvent accompagnent une minorité, avaient donné naissance à la guerre de la *Fronde*; Paris et ses environs en furent le principal et presque unique théâtre. Turenne avait pris le parti du roi; Condé, mécontent, celui des Frondeurs. Les deux armées se rencontrèrent, le 2 juillet 1652, aux portes du faubourg St.-Antoine. Déjà les troupes royales avaient remporté quelques avantages, lorsque mademoiselle de Montpensier, qui avait joué un rôle assez important dans les troubles, et qui cherchait, à quelque prix que ce fût, à devenir chef de parti, fit tirer, sur l'armée du roi, le canon de la Bastille, à l'instigation de Gaston d'Orléans son père, oncle du souverain. Cette action

violente fit triompher les Frondeurs,
mais perdit pour toujours la princesse
dans l'esprit de Louis XIV, son cousin.
Le cardinal Mazarin, qui savait combien elle avait envie d'épouser le jeune
monarque, s'écria : « Ce canon-là vient
» de tuer son mari. » En effet, la cour,
depuis ce moment, mit obstacle à tous
les partis avantageux qui se présentè-
rent pour cette princesse, dont on
connaît les bizarres aventures avec le
duc de Lauzun.

Louis XIV prit bientôt en main les
rênes du gouvernement, et dès-lors
le mot *Bastille* devint aussi redouta-
ble en France que le mot de *mor-*
tier (1) pour les ulémas de Constanti-

---

(1) Le fanatisme, dit le baron *de Tott*, dans

nople. Des victimes nombreuses s'ac-
cumulèrent chaque jour, et souvent à
l'insu du roi, dans les cachots de cette
forteresse.

On y vit *Pélisson*, modèle d'infor-

---

ses *Mémoires sur les Turcs*, a partout prononcé
des lois sanguinaires ou absurdes, souvent l'un
et l'autre. Il a établi en Turquie, en faveur des
ulémas (ministres de la religion et de la loi),
qu'ils ne pourraient être punis de mort qu'en
les faisant piler dans un *mortier*. On ne sent pas
trop le plaisir qu'il y a à être traité d'une manière aussi distinguée, mais on s'aperçoit aisément que les exemples d'un supplice aussi horrible doivent avoir été d'autant plus rares que
les gens de loi avaient plus d'intérêt à ne pas les
laisser se multiplier. Quoi qu'il en soit, lorsque
ce corps donne au sultan quelque grave sujet
de mécontentement, il ordonne de relever les
mortiers que le laps de temps peut avoir enter-
rés. Cet ordre seul produit le plus grand effet,
et le corps des ulémas, justement effrayé, ren-
tre dans le devoir.

tune et de reconnaissance. Disgracié
en 1660 avec le surintendant *Fouquet*,
dont il était le secrétaire et l'ami, la
Bastille se referma sur lui pendant
quatre ans, et loin d'en vouloir au
ministre, cause de toutes ses peines,
il composa pour lui, pendant sa captivité, des mémoires qui sont des chefs-
d'œuvre. Dès-lors on lui retira encre
et papier. Privé du plaisir de s'occu-
per avec fruit, Pelisson chercha à se
distraire. Delille nous raconte comment il trompait ses ennuis.

Du triste Pélisson, pour combler la misère,
On avait retranché de son toit solitaire
Ses livres, ses travaux et l'art consolateur
Qui confie au papier les sentimens du cœur.
. . . .
Pour tromper ses chagrins il invente un secret.

. . . .
L'infortune n'est pas difficile en amis.

Pélisson l'éprouva : dans ces lieux ennemis,
Un insecte aux longs bras, de qui les doigts agiles
Tapissaient ses vieux murs de leurs toiles fragiles,
Frappe ses yeux ; soudain, que ne peut le malheur !
Voilà son compagnon et son consolateur.
Il l'aime, il suit de l'œil les réseaux qu'il déploie,
Lui-même il va chercher, va lui porter sa proie.
Il l'appelle, il accourt, et jusque dans sa main
L'animal familier vient chercher son festin.

. . . .

Défiant et barreaux, et grilles, et verroux,
Nos deux reclus entre eux rendaient leur sort plus doux,
Lorsque de la vengeance implacable ministre,
Un geôlier au cœur dur, au visage sinistre,
Indigné du plaisir que goûte un malheureux,
Foule aux pieds son amie et l'écrase à ses yeux (1).

_____

(1) Delille racontait un jour qu'un prisonnier
suisse avait imité Pélisson, et qu'au lieu d'une
araignée il en avait apprivoisé deux. Elles
étaient si bien familiarisées avec lui qu'il croyait
connaître parfaitement leur instinct, et même
leurs maladies. Un de ses amis qui avait la permission de le visiter quelquefois, le trouva un
jour plus triste qu'à l'ordinaire, et ne vit plus
qu'une araignée. — Et l'autre ? s'écria-t-il. —
Elle est morte, répondit le prisonnier. — Et
comment ? — De la poitrine !!

En 1703, mourut à la Bastille, sous le nom supposé de *Marchiali*, le fameux *Masque-de-Fer*. Mille versions différentes furent faites sur cet impénétrable prisonnier. On pensa d'abord que c'était *Fouquet* lui-même; mais cette assertion fut réfutée avec succès, et l'on croit être à-peu-près certain à présent que c'était un frère aîné de Louis XIV, suite d'une liaison de la reine *Anne d'Autriche* et de l'ambassadeur d'Angleterre *Buckingham*. « Il » fallait, disent les auteurs du *Dic-* » *tionnaire historique*, des intérêts » de la plus haute importance, une » couronne à défendre contre les at- » teintes présumables de celui qui y » avait des droits, pour mettre en

» usage tant de mystère. Louis XIV
» était trop moral pour faire périr un
» compétiteur et un frère. Trop atta-
» ché à son autorité suprême pour la
» lui céder, il laissa l'existence à celui
» qui pouvait lui disputer le trône,
» mais il voulut que cette existence
» fût ensevelie dans les voiles les plus
» épais du mystère. » — L'homme au
masque de fer mourut à la Bastille,
âgé de soixante ans.

Louis XIV venait de terminer (en
1715) sa longue et illustre carrière.
On l'avait flatté pendant sa vie; on
prodigua des satires à sa mémoire :
une de ces satires, intitulée les *J'ai
vu*, circulait dans le public ; en voici
quelques fragmens que je suis amené

à citer pour l'intelligence de ce qui va
suivre :

LES J'AI VU.

. . . .

Tristes et lugubres objets,
J'ai vu la Bastille et Vincennes,
Le Châtelet, Bicêtre, et mille prisons pleines
De braves citoyens, de fidèles sujets.

. . . .

J'ai vu le peuple gémissant
Sous un rigoureux esclavage ;
J'ai vu le soldat rugissant,
Crever de faim, de soif, de dépit et de rage.

. . . .

J'ai vu, sous l'habit d'une femme,
Un démon nous donner la loi,
Sacrifier son Dieu, sa religion, son âme,
Pour séduire l'esprit d'un trop crédule roi.

. . . . J'ai vu la prélature
Se vendre ou devenir le prix de l'imposture ;
J'ai vu les dignités en proie aux ignorans ;
J'ai vu les gens de rien tenir les premiers rangs.

. . . .

J'ai vu ces maux sous le règne funeste .
D'un prince que jadis la colère céleste
Accorda par vengeance à mes désirs ardens;
  J'ai vu ces maux, et je n'ai pas vingt ans.

On rechercha l'auteur dont l'œil
était si perçant. Voltaire, qui, par ses
talens précoces, avait déjà fixé l'attention du public, était alors d'un âge dont
la conformité cadrait avec le dernier
vers de la satire. Sur ce simple soup-
çon il fut arrêté, conduit à la Bastille,
et malgré son innocence, il y resta
plus d'une année. C'est à cet acte arbitraire que l'on doit le poëme de *la
Henriade*, dont il fit, dans sa prison,
les deux premiers chants; le second,
que l'on regarde avec raison comme
l'un des plus beaux, est le seul où il
ne changea jamais rien depuis, et où il

raconte avec tant de noblesse la mort de Coligny, le jour de la St.-Barthélemi.

Depuis plus d'une année Voltaire soupirait après sa liberté ; l'auteur de la satire des *J'ai vu* se découvrit enfin, et notre poète quitta sa prison. « Monseigneur » dit-il en sortant au duc d'Orléans, régent, qui lui accorda une gratification pour le dédommager « je remercie votre Altesse royale de » vouloir bien continuer à se charger » de ma nourriture, mais je la prie » de ne plus se charger de mon logement. »

Quelques années plus tard (1718), la découverte d'une conspiration célèbre contre le régent, dont l'ambassadeur d'Espagne *Cellamare* était l'âme, vint peupler de nouveau les prisons de la Bastille.

Parmi les prisonniers de distinction que cette affaire y amena, se trouvait le duc de *Richelieu*, maréchal de France, si célèbre par sa bravoure, son luxe et sa dissolution; celui, dit La Harpe, « qui parvint, dans Paris, à ériger le » libertinage en principe, et fit une » science de la dépravation. »

Près de lui figurait, pour la même cause, la duchesse *du Maine*, petite-fille du grand Condé, mariée au duc du Maine, fils légitimé de Louis XIV et de Madame de Montespan. La princesse avait été arrêtée dans sa terre de Sceaux. Conduite à la Bastille avec une grande partie de sa maison, elle y resta deux années, ayant pour compagne Mademoiselle *Delaunai* (depuis Madame de Staal), qui nous a laissé, dans ses mémoires, le piquant historique de cette captivité.

Un des hommes qui, sous Louis XV, rendirent d'éminens services à la France, M. *de la Bourdonnaye*, ne trouva pour récompense, en rentrant dans sa patrie, qu'un cachot à la Bastille. Un ministre d'alors, par suite de son impéritie, avait trop négligé la marine; les Anglais profitèrent de cette faute: ils venaient d'être vaincus à Fontenoy (1745), ils s'en vengèrent en capturant chaque jour nos bâtimens dans l'Inde. *La Bourdonnaye*, gouverneur général des îles de *France* et *de Bourbon*, indigné de tant d'audace, arma à ses frais une petite flotte, assiégea *Madras*, comptoir anglais le plus important de la presqu'île de l'Inde, et obligea cette ville à fournir une contribution de neuf millions, qui furent comptés au gouvernement français. Les ennemis du gouverneur l'accusèrent de prévarication; il fut rappelé en France, enfermé à son arrivée, lorsqu'on aurait dû lui voter des remercîmens publics; et ce n'est qu'au bout de trois années de prison qu'il fut déclaré innocent; mais le chagrin avait miné sa santé, et il ne recouvra la liberté que pour trouver la mort (1754).

Bernardin de St.-Pierre, qui avait

apprécié ses infortunes, lui fait adres-
ser, dans son charmant roman (*Paul
et Virginie*), les mots suivans à Paul:
« Jeune homme, quand vous aurez
» acquis de l'expérience du monde,
» vous connaîtrez le malheur des gens
» en place; vous saurez combien il est
» facile de les prévenir; combien aisé-
» ment ils donnent au vice intrigant ce
» qui appartient au mérite qui se cache.»

Parmi plusieurs prisonniers remarquables enfermés à la Bastille avant la
révolution, je citerai, sans détails; ils
sont trop rebutans, ce cardinal de
Rohan, qui crut faire sa cour à la
reine Marie-Antoinette, en devenant,
en son nom, courtier de bijouterie.
Dupé par l'intrigante *La Mothe-Va-*

lois, intrigant lui-même, la pourpre ecclésiastique ne put masquer ses basses menées ; enfermé pendant plusieurs mois, par ordre du Roi, il parut devant le parlement (1785), fut acquitté, mais demeura coupable devant l'impartial tribunal de l'opinion publique.

L'année 1789 venait de sonner, une révolution planait sur la France ; la destruction de la Bastille, le 14 juillet, fut le premier acte public d'autorité populaire. Quelques cerveaux exaltés venaient de répandre dans Paris le bruit que des munitions de guerre, destinées à maîtriser la capitale, étaient entassées dans ce château; en un instant il est investi de toutes parts; le

2..

gouverneur *Delaunay* est sommé de
se rendre. Quelques coups de fusil,
partis de l'intérieur, dissipent d'abord
l'attroupement; mais, à ce bruit, de
nouveaux rassemblemens se forment ;
en vain on cherche à parlementer; les
murs sont escaladés, les portes tom-
bent avec fracas ; la foule envahit les
cours ; des tisons enflammés sont jetés
de toutes parts. Du haut des créneaux
la mitraille pleut sur les incendiaires ;
mais bientôt le peuple pénètre dans
l'intérieur ; la garnison est massacrée ;
le gouverneur est entraîné à l'Hôtel-
de-Ville ; en vain son escorte redouble
d'efforts pour le protéger, la populace
furieuse s'élance sur lui ; son corps est
mis en lambeaux ; et pendant que ses

meurtriers promènent en triomphe ses restes pantelans, la Bastille s'écroule au milieu des flammes.

Plusieurs lustres se sont écoulés, et bientôt une fontaine monumentale répandra ses eaux sur les lieux où tant d'infortunés prisonniers ont, pendant quatre siècles, versé, pour la plupart, des torrens de larmes. Je dis pour la plupart, car quelques-uns prenaient leurs maux en patience; les charmans vers suivans, trouvés sur les murs intérieurs d'une des tours, en donnent la preuve.

> Depuis deux ans j'habite cette tour;
> De mes erreurs c'est le juste salaire.
> Qui que tu sois qui viendras quelque jour
> Me succéder dans ce lieu de misère,
> Apprends de moi cette utile leçon:
> Qu'on peut encore être heureux en prison.

Certe il vaut mieux, libre dans son allure,
Observateur de la belle nature,
Voir un beau champ de roses parsemé,
Que quatre murs qu'un faible jour éclaire;
Mais si l'on doit y rester enfermé,
Il faut trouver le secret de s'y plaire.
Ce bon secret, si tu le veux savoir,
Est la gaîté, c'est là tout le mystère :
Elle embellit le cachot le plus noir,
Elle supplée à tout ce que la terre
Peut nous offrir de biens et de grandeur,
Elle adoucit les disgrâces humaines,
Elle nous met au-dessus du malheur.
Pour moi je sais me moquer de mes chaînes,
Et de mes fers me forger des hochets :
Ceux que le monde, hélas ! m'a fait connaître,
Ne valent pas davantage peut-être,
Et trop souvent m'ont laissé des regrets.
De ma prison j'ai banni la tristesse
Qui ne saurait m'atteindre désormais,
Et qui souvent assiége en son palais
L'homme accablé d'une immense richesse.
Autour de moi, je ne vois rien en laid :
Le triste aspect d'une froide muraille,
Mon mobilier, mon petit lit de paille,
Le rat craintif qui vient sur mon chevet,
Et me réveille en mangeant mon bonnet,
Tout me fait rire. En vain dans ma détresse
Quelques amis, que mon sort intéresse,

Viennent me voir au travers du guichet ;
Et malheureux de ma propre infortune ,
En m'abordant d'un air sombre et piteux ,
Semblent vouloir que je pleure avec eux
Et m'inspirer leur tristesse importune.
Je les console , et leur dis en riant :
« Mes bons amis , calmez-vous, je vous prie ;
» Votre douleur , dont je vous remercie,
» Ne change rien à mon appartement ,
» Ne m'ouvre point cette porte ennemie ,
» Ne peut briser un verrou sans pitié
» Dont ce gros mur recèle la moitié ;
» Presque toujours la plainte est inutile ;
» Il faut rester quand on ne peut sortir.
» Veuillez des yeux parcourir mon asile ;
» Il n'est pas beau , j'en veux bien convenir :
» A vos regards ne viennent point s'offrir
» Des ornemens dont la magnificence
» Semble insulter à l'homme qui n'a rien ;
» Mais on y trouve , en y regardant bien,
» Tout ce qui peut soutenir l'existence :
» Voilà ma cruche et mon morceau de pain ;
» C'en est assez pour la soif et la faim.
» Cette ouverture , à regret pratiquée,
» Permet à l'air d'y venir s'engouffrer.
» Voilà ma table , elle est un peu tronquée,
» Mais mon dîner y tient commodément.
» Sur ce trépied je m'assieds à mon aise,
» Il me soutient quoiqu'un peu chancelant.

» Là, vous voyez mes communs à l'anglaise
» Près de l'endroit où je prends mon repas.
» Là, mon boudoir... mais je ne boude pas.
» Quand mon geôlier, d'un air brusque et sauvage,
» Vient m'apporter un limpide potage
» Assaisonné par mon seul appétit,
» Quand de ses clefs j'entends le triste bruit
» Avant-coureur de sa sotte présence,
» A sa rencontre aussitôt je m'avance,
» Je viens à bout d'égayer son humeur;
» Le lendemain mon potage est meilleur;
» Il m'entretient d'une manière affable,
» Et quelquefois le vilain est aimable.
» Mes chers amis, quels que soient mes destins,
» A la gaîté vouons notre existence. »
J'en viens à toi, mon triste successeur :
Apprends à rire aussi de ton malheur;
Si quelque jour, traduit à l'audience,
Tu crains le sort d'un jugement fatal,
Fais, si tu peux, rire ton tribunal;
Tu peux dès-lors compter sur l'indulgence.
Vis en repos; je te laisse, en sortant,
Sans nul regret mon petit logement,
Lequel n'est pas d'une forme nouvelle :
Il est fort chaud quand la saison est belle,
Mais en hiver il est froid à glacer;
Que si tu peux pratiquer quelque issue
Pour essayer de tomber dans la rue,
Je te préviens qu'il y faut renoncer,

De tes malheurs tu doublerais la somme,
Jamais prison ne garda mieux son homme.
De ses gros murs le ciment éternel
Résisterait à la force d'Alcide ;
Et de ce lieu l'architecte perfide
A su trop bien , dans son zèle cruel,
Sacrifier l'agréable au solide.

Je venais de quitter la place de la Bastille, et je m'avançais dans la rue de Charenton, lorsque je lus au-dessus d'un vaste portique : *Hospice des Quinze-Vingts.*

QUINZE-VINGTS.—Cet immense bâtiment, construit sous Louis XIV, en 1701, aux frais de la ville de Paris, fut destiné dans l'origine à servir d'hôtel aux mousquetaires noirs ; c'est de là qu'ils partirent pour vaincre à *Marsal,* à *Senef,* à *Valenciennes* , à *Fontenoy.*

2...

Dans les premières années du règne de Louis XVI, l'économie porta sur toutes les branches d'administration; on oublia les services des mousquetaires, pour ne songer qu'aux dépenses qu'ils occasionnaient à l'Etat, ils furent supprimés.

Les *Quinze-Vingts* (1), fondés par

---

(1) Parmi les maladies de plusieurs espèces que les croisades introduisirent en France, la cécité ne fut pas une des moindres ; elle était due à la *salinité* de l'air du climat égyptien, et à la violente réverbération du soleil sur les sables du désert. St.-Louis sentit la nécessité de dédommager les nombreuses victimes de son zèle plus qu'ardent ; tous ceux qui avaient perdu les yeux dans les sables d'Orient furent recueillis et entretenus aux frais du gouvernement. Le premier établissement de ce genre se fit à Paris comme nous venons de le dire, et on le nomma les *Quinze-Vingts* (ou quinze fois vingt),

St.-Louis, étaient établis, depuis ce règne, à l'endroit même où est à présent la rue des Quinze-Vingts, non loin du Palais-Royal; on jugea nécessaire de transporter cet établissement dans un quartier moins bruyant, et les aveugles furent placés dans l'ancienne caserne des mousquetaires noirs.

Quel calme succède, dans le même local, aux bruyans ébats d'une folle

---

parce qu'on ne recevait que trois cents aveugles à-la-fois.

La cause première de cette maladie n'existe plus, mais on a jugé nécessaire de conserver cet hôpital, qui, de nos jours, contient plus de cinq cents aveugles à la nomination du grand aumônier. Ils doivent justifier indigence et cécité absolue; sont nourris, logés, chauffés, habillés, et reçoivent de plus sept sous par jour.

jeunesse. Je voudrais que les corridors de *Fontenoy*, de *Valenciennes*, de *Senef*, changeassent leurs noms contre ceux d'illustres aveugles; je voudrais entendre prononcer ceux de *Galilée*, *Cassini*, *Milton*, *Descartes*, *Delille*, *Piron*, et tant d'autres. Le nom de Piron me rappelle une anecdote qui le concerne.

Un aveugle des Quinze - Vingts, nommé *César*, qui mendiait près des Tuileries, avait écrit quelques mauvais vers de sa façon au-dessus de son espèce de guérite, dans l'espoir d'attirer l'aumône des passans; un jour qu'il se plaignait à quelqu'un du peu que lui rapportait sa verve poétique, «que » ne vous adressez-vous à M. *Piron*,

» lui dit-on ; il passe ici chaque jour ;
» il est aveugle comme vous, et pro-
» bablement il fait mieux les vers. »
L'avis est écouté ; Piron vient ; on lui
présente la requête ; il en rit, promet
d'y faire droit, et donne, à son retour,
les vers suivans :

> Chrétiens, au nom du Tout-Puissant,
> Faites-moi l'aumône en passant ;
> Le malheureux qui la demande
> Ne verra point qui la fera ;
> Mais Dieu qui voit tout, le verra,
> Je le prîrai qu'il vous la rende.

Le sixain fit fortune, car, à la mort
de l'aveugle, on trouva, dit-on, dans
sa paillasse, une somme de 20,000 fr.,
avec ces mots : *Qui se ressemble s'as-
semble, voilà pourquoi l'aveugle fortune s'est fixée chez moi.*

Mais j'aperçois, sur ma gauche, un

bâtiment d'une belle apparence ; c'est l'hôpital *St.-Antoine* ; des souvenirs assez curieux se rattachent à cet établissement.

Hôpital Saint - Antoine. — Vers l'an 1198, sous le règne de Philippe-Auguste, vivait un célèbre prédicateur à qui Dieu avait accordé, disent les auteurs des *Grandes Chroniques de France*, le don de guérir toute espèce de maladie par « l'imposition » des mains et le signe de la croix ; » un homme, enfin, qui rendait la » lumière aux aveugles, l'ouïe aux » sourds, la parole aux muets. » *Foulques de Neuilli* (1) était son nom ;

_____

(1) *Foulques*, surnommé de *Neuilly*, parce qu'il était curé de Neuilly-sur-Marne, près Pa-

il s'était adonné, surtout, à la conver-
sion des femmes prostituées. Son zèle
ardent avait obtenu de nombreuses
aumônes des fidèles; il jeta les fonda-
tions de l'abbaye *Saint-Antoine-des-*

---

ris, passa les premières années de sa jeunesse
dans une vie déréglée : mais enfin touché d'un
sincère repentir, non content d'expier ses erreurs par la pénitence, il voulut ramener les
pécheurs à la voie du salut, et embrassa la pré-
dication avec succès.

Les évêques l'invitèrent à venir dans leur
diocèse ; le peuple et le clergé couraient au-de-
vant de lui comme s'il eût été un envoyé de Dieu.
Sur la renommée de son mérite, le pape Innocent III lui ordonna de prêcher une croisade
nouvelle. A sa voix, le zèle se réveilla de toutes
parts, les croisés se mirent en marche, Constantinople fut prise, et Baudouin, leur général,
fut élu empereur des Latins (1205). Tels furent
les résultats de la 4e. croisade suscitée par un
curé de village.

Champs, et en fit le refuge des filles repenties.

« C'était ainsi, dit l'auteur du *Gé-*
» *nie du Christianisme*, qu'on reti-
» rait du vice de malheureuses filles,
» exposées à périr dans la misère après
» avoir vécu dans le désordre. C'était
» une chose tout-à-fait divine, de voir
» la religion surmonter ces dégoûts
» par un excès de charité, exiger jus-
» qu'aux preuves du vice, de peur
» qu'on ne trompât ses institutions, et
» que l'innocence, sous la forme du
» repentir, n'usurpât une retraite qui
» n'était pas établie pour elle ; re-
» traite, que tant de parens n'ambi-
» tionnaient souvent pour leurs enfans
» qu'afin de chercher à s'en défaire. »

L'abbaye St.-Antoine, sous le règne de St.-Louis, fut témoin d'une cérémonie assez remarquable. « Le 10 août » 1239, dit un historien, arriva dans » Paris, à la suite d'une procession » solennelle, une couronne d'épines » qui avait servi, disait-on, à la pas- » sion de N. S. J.-C.; elle avait été » vendue près de cent mille francs au » roi St.-Louis, par Baudouin, em- » pereur de Constantinople; et *ce-* » *pendant une autre couronne d'é-* » *pines existait depuis long-temps* » *dans l'abbaye de St.-Denis.* En en- » trant dans Paris, on fit une station » dans l'abbaye *St.-Antoine-des-* » *Champs*; là fut dressé un échafaud » en pleine campagne, et plusieurs

» prélats magnifiquement vêtus de
» leurs habits pontificaux, exposèrent
» aux regards avides des Parisiens
» cette sainte couronne, à laquelle
» tous les chapitres et monastè-
» res de Paris vinrent rendre hom-
» mage. »

Le monastère Saint-Antoine, reconstruit, vers 1770, tel qu'on le voit
aujourd'hui, fut supprimé en 1795,
et converti en hôpital.

RUE DE REUILLI. — J'arrive à la rue
de Reuilli; c'est ici que les rois de la première race avaient une maison de plaisance. L'historien Fredégaire nous apprend que Dagobert, au moment où il
venait de se faire reconnaître roi des
Francs, en 628, vint établir sa capitale à

Paris. Là, ajoute-t-il, il répudia bientôt *Gomatrude*, sous prétexte de stérilité. *Nantilde*, fille d'honneur de cette reine, eut le bonheur de plaire au souverain, il l'épousa à Reuilli, château royal, près Paris. Ce nouvel engagement ne put fixer l'humeur volage de ce prince, qui, vertueux et adoré de ses sujets dans les premières années de son règne, oublia, par degrés, les leçons de ses pieux précepteurs, et suivant aveuglément ses penchans pour le luxe et la débauche, ne fit connaître à la France qu'une courte joie et de longs déplaisirs.

MANUFACTURE DE GLACES. — Dix siècles se sont écoulés; la faux du temps a moissonné jusqu'aux traces du gothique manoir de nos premiers rois; *Louis-le-Grand* monte sur le trône; et sur le même emplacement où se célébraient les fêtes nuptiales de Nantilde et de Dagobert, s'élève, par les soins du ministre *Colbert*, un établissement magnifique, qui nous affranchit d'un tribut payé, jusqu'alors, au commerce de Venise. La *manufacture de glaces*, dont on aperçoit, sur la gauche, les immenses bâtimens, date de 1666, et prend, chaque jour, un accroissement qui fait affluer chez nous l'or des étrangers (1).

---

(1) Cette manufacture, que les curieux peuvent voir en détail, a obtenu le titre de *Compagnie royale*, mais elle ne dépend en rien du gouvernement.

Hôpital de la Salpêtrière. —
Le dôme que j'aperçois sur ma
droite, est celui de l'église de l'hôpi-

On apporte ici les glaces brutes coulées à St.-Gobin et à Cherbourg, et on les fait passer par trois opérations avant de les livrer au commerce.

La première se nomme le *douci* : elle consiste à adoucir avec du grès pilé et de l'eau toutes les aspérités de la cuisson, travail qui s'exécute à la main par le frottement de deux glaces superposées, dont l'une est fixe et l'autre mobile.

La deuxième opération, qui se nomme le *poli*, se fait de même à la main, et donne à la glace le coup-d'œil brillant qu'elle doit conserver par le moyen de polissoirs en laine imbus d'une composition d'émeri et de potée d'étain.

Le troisième et dernier travail est l'étamage, qui se fait avec une combinaison d'étain et de mercure placée sur une table entre des règles de verre ; sur ce mélange se glisse légèrement le morceau de glace : l'opération s'exécute d'elle-

tal nommé la *Salpêtrière*, parce que Louis XIII destina d'abord cette enceinte à une fabrique de salpêtre. Huit mille personnes, à titre de maladie ou de correction, enfermées dans cet établissement, en font une autre ville dans Paris même.

RUE DE RAMBOUILLET. — Mais revenons sur la route dont nous nous sommes écartés pour un moment. Un

---

même, et au bout de deux jours de repos la pièce peut être employée.

En voyant les huit cents ouvriers occupés par cette manufacture, on regrette que l'immense avantage des machines n'ait pas encore remplacé ici le travail des mains.

La plus belle glace du magasin, au moment où j'écris, porte onze pieds neuf pouces de haut sur six pieds deux pouces de large. Son prix est de onze mille cent francs, y compris l'étamage.

nom célèbre frappe mes yeux; je lis :
Rue de Rambouillet. Quoi! m'écriai-
je, c'était ici que se tenaient les séances de cet hôtel littéraire (vers 1632),
où, dit La Harpe, « le langage obs-
» cur et affecté se prenait pour de l'ex-
» quise politesse, où l'on abandon-
» nait au vulgaire l'art de parler d'une
» manière intelligible. »

Julie d'Angennes, Sévigné, Condé,
Montausier, Chapelain, Balzac, et
tant d'autres, femmes savantes, grands
seigneurs, ou beaux esprits de l'époque,
vous m'apparaissez en ce moment, je
vous entends dicter ces arrêts littérai-
res qui n'étaient pas toujours des arrêts de goût, et je vous vois enfin suc-
comber sous les coups acérés des *Pré-*

cieuses ridicules de Molière. Pénétré
de cette idée, je cherche les traces de
l'hôtel de Rambouillet, je parcours
les environs, j'interroge de tous côtés,
et bientôt je reconnais mon erreur, en
apprenant que c'était dans la rue St.-
Thomas-du-Louvre que les membres
de ce bureau d'esprit se faisaient voi-
turer les *commodités de la conversa-
tion* pour tenir leurs séances ; tandis
qu'à-peu-près, à la même époque,
un particulier, nommé *Rambouillet*,
ancien financier, faisait bâtir, sur
la rue de Charenton, une maison magnifique entourée de vastes jardins,
dont la distribution excitait la curiosité et l'admiration des Parisiens. Acquise vers 1720, par des spéculateurs,

cette belle propriété fut abattue , les jardins furent mis en culture ; un pavillon et une porte cochère (sous le nº. 152), dans la rue de Charenton, sont les seuls restes de cette maison de plaisance, qui donna son nom à la rue la plus voisine.

Me voici à la barrière , je remets à ma prochaine lettre la suite de ma route.

LETTRE IIe.

Vincennes. — Berci. — Conflans. — Les Carrières. — Pavillon de Gabrielle. — Charenton.

> « C'est pour cela..... que ta gloire ternie,
> » Fera par ton forfait douter de ton génie ;
> » Qu'une trace de sang suivra partout ton char,
> » Et que ton nom, jouet d'un éternel orage,
> » Sera par l'avenir ballotté d'âge en âge
> » Entre Marius et César. »
>
> (LAMARTINE, *Ode sur Bonaparte.*)

VINCENNES. — J'avais à peine franchi les barrières de Paris , que j'aperçus le donjon de *Vincennes.*

Les étymologistes veulent qu'il doive son nom à la pureté de l'air qu'on y respire , qui procure, dit-on , aux habitans, une *vie saine* , et , par corrup-

3..

tion, *Vincennes* ; une origine de ce genre paraît moins certaine que la fondation de ce château, attribuée à *Louis-le-Jeune* (monté sur le trône en 1137), qui y fit construire des cabanes en bois pour servir de rendez-vous de chasse. *Philippe-Auguste*, son fils, peupla le parc de bêtes fauves et augmenta l'habitation, qui n'était pas alors située dans le même endroit qu'à présent, mais bien dans la portion du bois qui se rapproche de St.-Maur, où sont encore quelques traces d'antiques constructions. « C'étoit non » loin de là, dit l'historien Joinville, » que mainte fois j'ai vu le bon roi » (Saint-Louis) se aller esbattre après » avoir ouï messe en été, et se séoit au

» pied d'un chêne, et nous faisoit as-
» seoir auprès lui, et tous ceux qui
» avoient affaire venoient à lui parler,
» sans que aucun huissier y mist em-
» peschement. »

Philippe-le-Hardi, fils de Saint-
Louis, épousa en secondes noces,
en 1274, *Marie*, fille de Henri III,
duc de Brabant, dans le château de
Vincennes, où, sous le règne suivant,
vint mourir, en 1305, la reine Jeanne,
épouse de Philippe-le-Bel, héritière
du royaume de Navarre.

Louis-le-Hutin, fils aîné de Philippe-le-Bel, était mort à Vincennes
(1316), après deux ans de règne.
Charles-le-Bel, son frère, y termina
de même ses jours, en 1328, laissant,

entre la France et l'Angleterre, des
germes de rivalités et de querelles qui,
plus tard, allaient mettre sous les premiers Valois le royaume à deux doigts
de sa perte.

Philippe de Valois, successeur de
Charles-le-Bel, fit raser l'ancien château qui tombait en ruines, et jeta,
en 1328, les fondemens de ce qui existe aujourd'hui sous le nom de donjon.
A peine avait-il entamé ces constructions, qu'il fut obligé d'aller appai-
ser des troubles en Flandres, et de
s'opposer ensuite aux invasions des
Anglais, contre lesquels il perdit la bataille de *Créci*, en Picardie.

Jean, son fils, qui lui succéda en
1350, avait une prédilection particu-

lière pour le château de Vincennes, où il fit de nombreuses augmentations, et où il passa les trois années (de 1361 à 1363) de son retour en France, après sa captivité à Londres, suite de la funeste bataille de Poitiers. On sait qu'il quitta ce château pour aller se remettre en otage en Angleterre, n'ayant pas , disait-il , de quoi payer sa rançon ; mais on sait aussi qu'un motif aussi louable était fortement atténué par le désir qu'il avait de se retrouver près de la belle comtesse de *Salisburi*, déjà célèbre par ses amours avec le roi d'Angleterre , Edouard III , qui venait de fonder , en son honneur , l'Ordre de la Jarretière.

Charles V, dit *le Sage*, fils aîné du

roi Jean, était né à Vincennes en 1337;
il eut à cœur d'orner son berceau, et
il y fonda la sainte chapelle encore
existante de nos jours.

L'indigne *Isabeau de Bavière*, femme de Charles VI, tenait dans ce château sa cour habituelle, je veux dire son académie galante, dont l'intendant en titre était un courtisan nommé *Bois-Bourdon*, son amant. Charles VI, instruit de certain rendez-vous que lui avait donné Isabeau dans le parc, fit épier le galant, le fit saisir, enfermer dans un sac de cuir et jeter en plein jour à la rivière, avec un écriteau portant ces mots : *Laissez passer la justice du roi.* A la nouvelle de cette prompte et *violente justice*, la rage s'empara du cœur de la reine. Elle jura de se venger ; se jeta dans le parti des ennemis qui ravageaient la France, et osa installer le monarque anglais, *Henri V* de Lancaster, à Paris, dans le palais même de nos souverains et de son époux.

Cet acte de possession du roi Henri (1422), semble lui avoir été fatal ; car peu de mois après, voulant aller rejoindre son armée, qui venait d'éprouver quelques échecs sur les bords de la Loire, il tomba malade, fut transporté à Vincennes, et y mourut en 1422, à l'âge de trente-six ans, laissant la France, sa conquête, au pouvoir de ses troupes, dont une villageoise illustrée sous le nom de Jean-

3...

ne-d'Arc, devait bientôt délivrer son
pays.

Vers l'an 1475, l'humeur farouche
et cruelle d'un souverain, qui, dit
l'Histoire, ne fut ni bon fils, ni bon
père, ni bon mari, ni bon frère, ni
bon ami, ni bon sujet, ni bon roi, de
Louis XI enfin, lui fit chercher partout des cachots, et Vincennes dès-
lors fut destiné à enfermer des prisonniers d'état.

Charles IX, après avoir consenti
aux atrocités de la Sainte-Barthélemi,
rongé par les remords, fut attaqué
d'une maladie déplorable; son sang
coulait à travers ses pores; il expira
dans ce château royal, le 30 mai 1574.
Dieu, dit Voltaire dans *la Henriade*,

Dieu, déployant sur lui sa vengeance sévère,
Marqua ce roi mourant du sceau de sa colère !
. . . .
Je le vis expirant ; cette image effrayante
A mes yeux attendris semble être encor présente :
Son sang à gros bouillons de son corps élancé,
Vengeait le sang français par ses ordres versé.

Loin de nous de si tristes souvenirs, et voyons la belle *Gabrielle d'Estrées* séjournant souvent ici pendant sa vie, et y mettant au monde , en 1599 , un fils de *Henri IV* , connu sous le nom de *César de Vendôme*. Gabrielle demanda au roi la permission de le faire baptiser avec la magnificence usitée pour les enfans de France : « J'ai le cœur » trop tendre , dit Henri, pour refu- » ser une courtoisie aux supplications » de ce que j'aime.» Il accorda donc, et le baptême se fit avec l'appareil le plus pompeux. Sully désapprouva cet étalage, et ne voulut point payer les frais de cette cérémonie qu'on lui demandait comme dette de l'État. Gabrielle, qui connaissait le faible de son amant pour ses enfans, crut avoir trouvé l'occasion la plus favorable de faire éloigner un ministre dont elle redoutait l'austérité ; elle se plaignit : le roi mena Sully chez elle, et voulut les réconcilier ; mais Gabrielle aborda Henri, en lui disant : « J'aime plutôt mou- » rir, que de vivre avec cette vergo- » gne de voir soutenir un valet contre » moi, qui porte le titre de maî- » tresse. » Henri IV montrant alors qu'il savait racheter ses faiblesses par

la force de son caractère : « Pardieu !
» Madame, lui dit-il, c'est trop ; et
» je vois bien qu'on vous a dressée à
» ce badinage, pour essayer de me
» faire chasser un serviteur duquel je
» ne puis me passer; mais, pardieu! je
» n'en ferai rien ; et afin que vous te-
» niez votre cœur en repos, et ne fas-
» siez plus l'acariâtre contre ma vo-
» lonté, je vous déclare que si j'étais
» réduit en cette nécessité de perdre
» l'une ou l'autre, je me passerais
» mieux de dix maîtresses comme vous,
» que d'un serviteur comme lui. » En
achevant ces mots, le roi lui tourna le
dos et allait sortir, Gabrielle se jeta à ses
pieds ; Henri s'attendrit, pardonna,
et sa maîtresse depuis mesura ses dé-

marches et ne s'exposa plus à un pareil affront.

Sous *Louis XIII*, Vincennes renferma un général allemand, dont la réputation éphémère serait oubliée, s'il n'avait pas laissé un dicton à la langue française. On s'écrie souvent, en parlant d'une personne ou d'un événement qu'on n'a point à craindre : je m'en moque comme de *Jean De Verth*. En voici l'origine :

Dans une guerre contre les Autrichiens, au commencement du dix-septième siècle, un de leurs généraux avait acquis par quelques succès une réputation si colossale que l'on croyait avoir tout à redouter quand on devait combattre *Jean De Verth*. Le nom de ce général avait passé des camps à la ville, et les Parisiens, souvent semblables aux enfans qui chantent dès qu'ils ont peur, avaient fait de *Jean De Verth* le sujet de tous les vaudevilles du jour. En 1638, les troupes françaises devant *Rhinfeld*, à trois lieues de Bâle, battirent à plate couture les Autrichiens. Jean De Verth fut fait prisonnier, amené en triomphe à Paris, et enfermé ensuite dans le château de Vincennes. Plus sa réputation avait inspiré de terreur, plus on s'en dédommagea lorsqu'il ne pouvait plus nuire, et c'est depuis lors que nous est resté le dicton : *Je m'en moque comme de Jean De Verth.*

César, duc de Vendôme, dont

nous avons parlé tout-à-l'heure, eut un fils, connu dans l'histoire sous le nom de duc de *Beaufort*, prince célèbre par son esprit factieux et turbulent.

Anne d'Autriche lui avait accordé de grandes marques de faveur. Il voulut gouverner l'Etat ; mais il en était incapable, et le parti des *Frondeurs*, à la tête duquel il s'était mis, en fit souvent son jouet, en l'excitant à soulever la populace de Paris, dont il était adoré, parce qu'il en parlait le langage.

Ce prince, surnommé, pour ce motif, le *roi des halles*, crut que son crédit lui permettait de témoigner hautement son mécontentement sur l'exil

de quelques personnes de la cour ;
Mazarin, qui le détestait, profita
d'un de ces éclats pour assurer la
Reine qu'il n'osait plus sortir, parce
que le duc cherchait à le faire assassi-
ner. Des ordres furent donnés ; on en-
ferma Beaufort dans le donjon de Vincennes ; mais il trouva moyen de cor-
rompre ses gardiens, et s'enfuit du
royaume en 1648.

Le *Grand-Condé* avait terrassé la
faction des *Frondeurs* par la force de
ses armes; un service aussi important,
rendu à l'Etat, désolait la jalouse ambition du cardinal Mazarin, qui, n'y
voyant pour lui qu'un obstacle à par-
venir au suprême pouvoir, jura de
perdre le prince, le noircit dans l'es-

prit de la régente, l'accusa de conspirer contre l'Etat, le fit arrêter en 1650,
et enfermer à Vincennes, ainsi que son
beau-frère le duc de Longueville, et
son frère, le prince de Conti. Ils
étaient à peine entrés dans le château,
que ce dernier, naturellement dévot,
demanda si on pouvait lui procurer une
imitation de Jésus-Christ. « Pour moi,
s'écria Condé, se rappelant l'évasion
du duc de Beaufort, c'est cette imita-
tion-là que je demande. »

Les princes ayant été bientôt après
transférés dans la citadelle du Havre,
la curiosité et l'esprit de parti excitè-
rent les Parisiens à aller visiter la prison qu'avait occupée Condé à Vincennes; il y restait encore quelques

plantes d'œillets qu'il s'était amusé à cultiver sur sa fenêtre ; lorsque Mlle. de Scudéri les eut aperçues, elle traça sur la vitre les quatre vers suivans :

En voyant ces œillets qu'un illustre guerrier
Arrosait d'une main qui gagnait des batailles,
Souviens-toi qu'Apollon bâtissait des murailles,
Et ne t'étonne pas de voir Mars jardinier.

Quelques années plus tard, Mazarin étant tombé malade à Vincennes, son état devint de plus en plus inquiétant ; il le savait, et cherchant à conserver, jusqu'au dernier moment, cette figure ouverte et caressante qui attache les cœurs, il se mit du rouge pour faire croire qu'il se portait mieux ; à cette vue, le comte de *Fueusaldague*, am-

bassadeur d'Espagne, s'écria : « Voilà
» un portrait qui ressemble assez à **M.**
» le cardinal. » A peine eut-il expiré
(1661), qu'on lut, sur les portes du
château, l'inscription suivante :

> O vous qui passez par ce lieu,
> Daignez jeter, au nom de Dieu,
> A Mazarin de l'eau bénite.
> Il en donna tant à la cour,
> Que c'est bien le moins qu'il mérite
> D'en avoir de vous à son tour !

Nous touchons à l'époque contem-
poraine. Peu d'années avant la révolution, un homme, célèbre par la manière dont il y figura, avait séduit la
femme d'un président au parlement
de Besançon, et s'était enfui en Hol-
lande avec elle. Condamné à mort,

pour ce rapt, puis arrêté et ramené en France, il fut enfermé au donjon de Vincennes en 1777, et y resta jusqu'en 1780. C'est dans cette prison que Mirabeau, car c'était lui, se livra à l'étude, au travail et aux élans de son ardente passion ; il traduisit *Tibulle*, fit un ouvrage contre *l'abus tyrannique des lettres-de-cachet*, et écrivit à celle qu'il aimait, à *Sophie Ruffey*, marquise de Lemonnier, des lettres qui peuvent seules, dit La Harpe, « être comparées aux plus belles épî- » tres de la *Julie* de Rousseau, et » qu'on lit avec autant de plaisir et » d'intérêt que le roman le plus tou- » chant. »

La révolution française, dans la-

quelle Mirabeau joua un rôle si remarquable , venait de changer la face de
la France ; le gouvernement , après
s'être reproduit sous plusieurs formes,
avait vu un homme à jamais célèbre
s'emparer du pouvoir sous le nom de
consul ; on crut un moment qu'il allait
devenir le *Monk* de la France ; mais,
non content de cacher son ambition
sous des lauriers, il voulut prévenir les
doutes en montant au trône sur les débris sanglans de la dernière dynastie.
—Une conspiration s'était tramée contre sa personne pour rendre le sceptre
aux Bourbons ; il se décida , dès-lors ,
à commettre un crime atroce, capable
tout-à-la-fois d'épouvanter les parti-
sans de la famille royale, et de servir

de garantie aux intérêts de la révolution comme aux siens propres.

*Louis-Antoine-Henri de Bourbon,
duc d'Enghien*, né à Chantilli le 2
août 1772, après avoir servi avec
gloire à l'armée de Condé, l'avait
quittée à son licenciement définitif,
et s'était fixé, en 1801, à *Etteinheim*,
sur les bords du Rhin, auprès de la
princesse *Charlotte de Rohan-Roche-
fort*, qu'il aimait. — Bonaparte en est
instruit; un général, un officier supé-
rieur de la garde consulaire, et un co-
lonel de gendarmerie, sont dirigés sur
Strasbourg pour se saisir du dernier
rejeton des Condés.

Dans la nuit du 15 mars 1804, la
maison du prince est cernée; on l'a-

vertit du bruit; il saute de son lit, en chemise, saisit son fusil, et à peine a-t-il le temps de revêtir son pantalon et une veste de chasse, qu'un gendarme, le pistolet au poing, entre en criant : « Qui de vous est le duc d'Enghien?» Personne ne répond. « Puisque vous ne voulez pas l'indiquer, s'écrie le satellite, marchez tous. » On sort, on passe le Rhin à *Kœppel*; on arrive à Strasbourg, et le duc reste enfermé dans la citadelle jusqu'au 18 mars de grand matin. À ce moment les portes s'ouvrent, des gendarmes envahissent sa chambre, le forcent de s'habiller à la hâte. Il part, arrive à Paris le 20 mars, et, longeant les murs en dehors des barrières, on le fait entrer, à cinq heures du soir, dans le château de Vincennes. Après un léger repas, il se jette sur un lit et dort jusqu'à près de minuit qu'on le réveille en sursaut, pour le conduire devant un conseil de guerre.

En vain le prince cherche à se défendre, en vain il allègue la violation du droit des gens, il est condamné à mort, et on le fait descendre dans le fossé qui fait face au parc, pour y subir son supplice. « Rendez-moi un » dernier service, s'écrie-t-il à un gen- » darme ! chargez-vous de faire re- » mettre à la princesse de Rohan » cette mèche de cheveux, cette lettre » et cet anneau. » Un officier l'entend ;

4

il s'approche, et se saisissant des objets : « Personne ici, dit-il, ne doit
» faire les commissions d'un traître. »
Bientôt on lui attache une lanterne
sur le cœur pour servir de point de
mire. Debout, et d'un air intrépide :
« Allons, mes amis, s'écrie l'infortuné.
— Tu n'as point d'amis ici, dit une
voix atroce, et il reçoit la mort. » Un
cannibale, ajoute-t-on, s'approcha du
Prince, qui respirait encore, et hâta
ses derniers soupirs en lui frappant la
tête avec une énorme pierre. Ainsi
périt, par un crime affreux, à l'âge de
trente-deux ans, le dernier rejeton du
Grand-Condé.

Un monument, dont la simplicité
touche à la mesquinerie, retrace au

voyageur l'endroit même où succomba le malheureux Prince. On y lit ces mots : *Hic cecidit* (*c'est ici qu'il succomba.*) Quelle vaste carrière à la méditation ! !

Puisque j'ai détaillé cette horrible scène, je veux citer les idées qu'elle suggéra depuis à Napoléon, dans son île de Ste.-Hélène. C'est M. de Las-Case qui nous les rapporte dans son *Mémorial*, à la date de novembre 1816.

« Lui (le duc d'Enghien) et les
» siens, disait un jour Bonaparte,
» n'avaient d'autre but journalier que
» de m'ôter la vie ; c'étaient des fusils
» à vent, des machines infernales, des
» complots de toute espèce. Je m'en
» lassai, je saisis l'occasion de leur

4..

» renvoyer la terreur jusque dans
» Londres, et cela me réussit... Quand
» on s'obstine à susciter des troubles
» civils et des commotions politiques,
» on s'expose à en tomber victime.
» — *Ma grande maxime a toujours*
» *été qu'en guerre comme en poli-*
» *tique, tout mal, fût-il dans les rè-*
» *gles, n'est excusable qu'autant qu'il*
» *est absolument nécessaire; tout ce*
» *qui est au-delà est un crime.* — Au
» reste, je fus poussé à ce mal inopi-
» nément; on avait pour ainsi dire
» surpris mes idées par excès de zèle.
» —J'étais seul un jour, je sortais de
» table, on accourt m'apprendre une
» trame nouvelle; on me montre avec
» chaleur qu'il est temps de mettre un

» terme à de si horribles attentats,
» qu'il est temps enfin de donner une
» leçon à ceux qui se sont fait une
» habitude journalière de conspirer
» contre ma vie, ce qu'on ne finira
» qu'en se lavant dans le sang de l'un
» d'entre eux ; que le duc d'*Enghien*
» devait être cette victime puisqu'il
» pouvait être pris sur le fait, faisant
» partie de la conspiration actuelle
» (conspiration de Pichegru.) — Or,
» nous disait l'empereur, je ne savais
» pas même précisément qui était le
» duc d'Enghien. La révolution m'a-
» vait pris bien jeune, je n'allais point
» à la cour, j'ignorais où il se trou-
» vait ; on me satisfit sur tous les points.
» — S'il en est ainsi, m'écriai-je, il

» faut s'en saisir et donner des ordres
» en conséquence. — Tout avait été
» prévu d'avance, les pièces se trou-
» vèrent toutes prêtes, il n'y eut qu'à
» signer, et le sort du Prince se trouva
» décidé. Il était depuis quelque temps
» à trois lieues du Rhin, dans les états
» de Bade. Si j'eusse connu plus tôt le
» voisinage et son importance, je ne
» l'eusse pas souffert, et cet ombrage
» de ma part lui eût sauvé la vie!... Si
» j'avais vu la lettre qu'il m'écrivit et
» qu'on ne me remit, Dieu sait pour
» quels motifs, qu'après qu'il n'était
» plus, bien certainement j'eusse par-
» donné. »

Je ne puis mieux terminer les détails sur cette funeste tragédie qu'en

transcrivant une lettre touchante et noble, écrite alors par Sa Majesté Louis XVIII au prince de Condé, grand-père du Prince victime.

Varsovie, le 9 avril 1804.

« Je reçois l'affreuse nouvelle, mon
» cher Cousin : j'aurais plus besoin de
» recevoir moi-même des consola-
» tions que je ne suis en état de vous
» en donner; une seule pensée peut
» nous en fournir : il est mort comme
» il avait vécu, en héros. Ah ! du
» moins que ce malheur n'en entraîne
» pas d'autres; songez que la nature
» n'a pas seule des droits sur vous, et
» que le vainqueur de Friedberg et de

» Berstheim se doit aussi à la France,
» à son Roi, à son ami.

» Adieu, mon cher Cousin.

» LOUIS. »

En 1813, Napoléon fortifia le château de Vincennes et en fit une place
de guerre dont il confia le commande-
ment au général *Daumesnil*, brave militaire mutilé à Wagram. En vain les
étrangers, à la première invasion, en
1814, le sommèrent de rendre la place,
prétendant qu'ils voulaient la restituer
aux Bourbons; il s'y refusa, arbora le
drapeau blanc, et jura qu'il ne la re-
mettrait qu'à un prince même de la famille royale. Le frère du Roi se pré-

senta, Vincennes lui fut rendu, et le
général Daumesnil conserva son gouvernement comme récompense de sa
fermeté. — Mais il y resta pendant les
cent jours, et il fut remplacé au second
retour du Roi, par le marquis de *Puy-
vert*, ancien aide-de-camp de Monsieur, qui avait langui dix-huit mois,
sous le régime impérial, dans les cachots de ce même donjon, pour s'être
dévoué au service de la monarchie lé-
gitime. C'est encore lui qui commande
ce poste, qui sert aujourd'hui de Caserne à la garde royale, et de dépôt
général à son artillerie.

Non loin de la forteresse était une
petite retraite agréable, possédée autrefois par un homme de lettres un peu

musqué, mais spirituel et aimable,
par *Demoustier*, l'auteur des *Lettres
à Émilie sur la Mythologie*, et de
plusieurs pièces de théâtre, parmi les-
quelles on cite avec éloge celle intitulée *le Conciliateur*, qui donna lieu à
l'anecdote suivante (1) :

La veille de la lecture de cette pièce

---

(1) La comédie du *Conciliateur* fut repré-
sentée en 1791 ; elle eut du succès ; mais une
cabale s'était formée et voulut faire baisser le
rideau. Assis au balcon à côté de Demoustier,
sans le connaître, un jeune écervelé, cherchant
à faire preuve de goût, frondait à tort et à travers. Bientôt quelques sifflets se déclarent. —
Avouez que c'est détestable, dit le jeune fat à
l'auteur ; auriez-vous une clef forée à me prêter
pour en faire justice ? — Oui certes, reprit Du-
moustier, en voici une, et le jeune étourdi de
siffler à outrance. Voilà, dit-on, un des traits
nombreux de la douce tolérance de l'auteur des
Lettres à Emilie.

au théâtre, Demoustier alla se promener au bois de Vincennes, et son
manuscrit à la main, il répétait chaque vers et considérait de sang-froid
l'ensemble et les détails. Tout-à-coup
une voiture s'arrête, une autre la
suit, et de chacune d'elles descend
un jeune homme tenant une épée.
« N'oubliez pas, dit l'un d'eux à son adversaire, que nous n'avons pas pris de
témoins parce que l'un de nous doit
rester sur la place. — J'allais vous le
rappeler, répondit l'autre. » A ces mots,
Demoustier sortant du feuillage, s'é-
lance au milieu d'eux et cherche à les
séparer. « Retirez-vous, s'écrient à-la-
fois nos deux jeunes gens: qui êtes-
vous pour vous mêler de nos affaires ?

— Je suis Demoustier, littérateur, mais homme d'honneur avant tout. — Quoi! vous seriez l'auteur des *Lettres à Émilie?* — C'est moi-même, je m'occupais à repasser ici une pièce que je dois lire demain au Théâtre-Français; elle a pour titre *le Conciliateur;* son but moral est de prouver que de tous les plaisirs dont un galant homme soit avide, il n'en est point de comparable à celui de réunir deux amis que souvent une simple querelle a divisés. Je veux l'essayer. — Impossible, s'écrient les deux adversaires. — Au moins, Messieurs, je réclame une grâce. — Laquelle? — C'est de vous faire avant le combat lecture d'un acte du *Conciliateur.*» A force d'insister il obtient sa demande ; on s'asseoit, on écoute, et l'attention redouble à la lecture des vers suivans :

Le mal ne vient jamais que faute de s'entendre ;
Une équivoque, un rien fait naître des débats,
Et puis la vanité (quel homme n'en a pas ?)
Agit sur notre cœur, le pique, l'aiguillonne ;
On s'aigrit, on s'emporte, enfin l'on s'abandonne
A toute la fureur de son ressentiment.....
Qu'un éclair de raison brille dans ce moment,
Un mot avait fait naître, un mot calme l'orage,
Et l'on finit toujours par s'aimer davantage.

« Assurément Dorsay ne saurait douter que je l'aimais sincèrement, dit l'un des combattans avec un trouble qu'il ne peut dissimuler. — Dancourt sait combien je lui fus dévoué, répond l'autre d'une voix altérée, et n'osant pas lever les yeux de crainte de rencontrer ceux de son adversaire. —

Mais, répond celui-ci, me soupçon-
ner d'une perfidie. — Et moi, instruire
mes parens d'une dette que j'ai faite
au jeu. — Donner le nom de délateur
à l'ami le plus vrai. — Me faire un
crime de l'arrêter sur les bords de
l'abîme. — Ce n'est que dans le sang
qu'on peut laver une telle injure.

» — Voilà donc, reprend Demoustier,
le motif de vos débats : l'un compro-
met au jeu son repos, son honneur;
l'autre veut le sauver de ce penchant
funeste, et c'est pour cela que vous
voulez vous arracher la vie. Allons,
Messieurs, oublions tout. » A ces mots
il les presse dans ses bras; tous deux,
vaincus par cette voix si persuasive,
s'embrassent et se réconcilient.

Depuis ce moment, chaque fois qu'on donnait cette pièce, Demoustier se plaisait à rappeler l'histoire de son premier succès dans le bois de Vincennes.

Berci. — Mais il est temps de continuer ma route, et de parler d'une habitation de belle apparence qui se présente sur ma droite, c'est le château de *Berci*, construit dans le milieu du dix-septième siècle par un intendant des finances nommé *Mâlon*. Cette terre semble avoir été destinée à devenir le séjour des Crésus de chaque époque, car elle fut acquise vers 1706 par M. *Páris de Mont-Martel*, financier bien connu, antagoniste du charlatan *Law*, et ennemi de son

système, qui, disait-il, ruinerait la
France. Cette assertion le fit exiler;
quand la ruine fut consommée, on le
rappela pour y remédier.

Le ministre *Calonne*, contrôleur-
général des finances sous Louis XVI,
loua ce château en 1783, et y habita
pendant les quatre années de son ministère. C'était là, dans le silence de
la retraite, qu'il forgeait ces discours
où les résultats de son administration
étaient tracés avec une clarté si sédui-
sante. « Il savait, dit Lacretelle, que
» les Français, dans toutes les discus-
» sions difficiles, sont aisément per-
» suadés par celui qui fatigue peu leur
» attention. » M. de Calonne cachait
l'état des choses, mais il ne le chan-

geait pas ; on peut dire que c'est dans son cabinet que se décida la révolution.

En 1791, *Arthur*, jacobin forcené, loua cette habitation, et y établit une manufacture de papiers peints. Zélateur ardent de l'infâme *Roberspierre*, il l'aida dans l'exécution de tous ses crimes ; mais à la suite d'une explication un peu vive entre eux, celui-ci, craignant les reproches de son complice, le fit arrêter. Arthur jugea que le temps de la vengeance avait sonné, et il se poignarda dans sa prison, en 1792.

Ce château, appartenant aujourd'hui à M. de *Nicolaï*, maire du village de Berci, est voisin d'une habitation mo-

deste, possédée, vers la fin du dix-septième siècle, par un savant célèbre, le
comte *Pajot Donsembray*, directeur-
général des postes sous Louis XIV, phi-
losophe profond et grand mathémati-
cien. Un cabinet magnifique de phy-
sique, mécanique et histoire naturelle
qu'il avait formé à grands frais, lui
attira à Berci les visites du czar Pierre-
le-Grand, et de plusieurs autres princes voyageurs. Membre de l'Académie,
le comte Pajot lui légua, en mourant
(en 1753), son cabinet dans l'intérêt
de la science.

Je ne quitterai pas le village de
Berci, sans dire quelques mots des
époques où il a figuré dans nos annales historiques.

Charles VII, roi de France, venait de mourir en 1461 ; Louis XI, son fils, en lui succédant, adopta, pour principe, de détruire tout ce qu'avait fait son père, de déplacer ses créatures, d'exiler ses favoris. Une multitude de princes, de seigneurs, d'officiers, négligés ou destitués, se réunirent pour se venger, et formèrent le noyau de cette ligue, dite *du Bien public*, à la tête de laquelle se remarquaient le comte de Charolais (depuis duc de Bourgogne, sous le nom de Charles-le-Téméraire), le duc de Berri, jeune frère de Louis XI, et le duc de Bretagne François II ; trois princes qui, unis sous le spécieux prétexte du bien public, ne songèrent qu'à leur intérêt particulier, abandonnant, après s'être servi de lui, le malheureux peuple dont ils avaient entrepris, disaient-ils, de venger les droits. Déjà Louis XI avait mesuré ses armes contre ces confédérés à la bataille de *Mont-Lhéry* : chacun s'y était attribué la victoire, et de-là le duc de Charolais, dans le but d'investir Paris, était venu placer son quartier-général sur la rive droite de la Seine, entre Charenton et Berci.

Louis XI et son armée campaient sur la rive opposée ; chaque jour on entrait en pourparlers. Enfin, le 30 octobre 1465, le roi de France signa avec le duc de Charolais, chef principal de la *Ligue*, la convention connue sous le nom de traité de *Con-*

flans, monument de la crainte, de la faiblesse et de la fausseté du monarque français, qui, sentant son infériorité, consentit à tout, bien résolu de ne rien tenir.

Conflans. — Le village de Conflans, où s'étaient terminés ces arrangemens, est celui que l'on aperçoit du même côté et à peu de distance de Berci; il tire son nom du confluent de la Seine et de la Marne, dont, par euphonie, on a fait Conflans.

Les archevêques de Paris, avant la révolution, y possédaient une maison de campagne, où fut exilé M. de Beaumont, à l'époque du jansénisme, en 1754. Prélat opiniâtre, dévoué au parti des jésuites et anti-novateur,

mais d'une charité dont le trait suivant peut donner une idée : « Étant
» sorti seul un jour de son château
» de Conflans pour se promener dans
» la campagne, un vieux officier
» l'aborde, et lui fait le tableau de
» son infortune. — Monsieur, lui dit
» le Prélat, je n'ai pas d'argent sur
» moi, ni à Conflans, venez dans huit
» jours à l'archevêché, et ne soyez
» plus en peine de votre sort, ni de
» celui de votre famille. En atten-
» dant, voici ma montre, elle a quel-
» que valeur, disposez-en. »

Nos premiers rois de la troisième
race ont eu dans ce village une habitation de plaisance, nommée le *Séjour
du Roi*, et vendue vers 1548, sous

Henri II. Devenue plus tard un fief, elle fut possédée par la famille *Dionis*, qui en a pris le surnom de *Duséjour*, illustré par un conseiller au parlement de Paris, membre de l'Académie, mort en 1794, avec la réputation d'un grand astronome. La tradition du nom *du Séjour* ne s'est pas perdue dans le pays; car sur le grand chemin, en face du pavillon de Gabrielle d'Estrées dont il sera question tout-à-l'heure, est une fonderie de suif, ayant pour enseigne : *Au Séjour.*

Le duc de Richelieu, sous Louis XIV, avait à Conflans un château qu'il vendit à l'archevêque de Paris, *Harlay de Chanvallon*, connu dans les Mémoires particuliers de la cour, pour avoir célébré secrètement le mariage de Louis XIV avec Mme. de Maintenon. Ce prélat, en mourant, légua cette terre à ses successeurs, qui l'ont conservée jusqu'au moment de la révolution. Long-temps avant l'archevêque de Chanvallon, les seigneurs de Conflans étaient, si l'on en croit quelques historiens, obligés d'observer avec les prélats tenant le siége de Paris, une servitude assez bizarre : lorsque prenant possession de son diocèse, il faisait sa première entrée dans la capitale, ils devaient porter sur leur dos Monseigneur, depuis la barrière jusqu'à l'église Ste.-Geneviève ; ce trait caractéristique de féodalité, dont on voit d'autres exemples dans les vieilles

Vier del.   Ville C. Ro...

chroniques , était humiliant pour le seigneur ; et, pour peu qu'il fût *rétif*, dangereux pour le prélat.

LES CARRIÈRES. — Les habitations que l'on aperçoit du même côté, en avançant sur la route , dépendent du hameau des *Carrières* qui sépare Conflans de Charenton dont il dépend. C'est là , disent les historiens, que Charles (depuis Charles V), régent de France , pendant la prison du roi Jean, son père , en Angleterre , vint camper à la tête de trente mille hommes, pour obliger Paris à le reconnaître, et à chasser de son sein le turbulent *Charles-le-Mauvais* , roi de Navarre, ligué avec les Anglais pour s'emparer

5

du trône de France. Les excès qu'il commit dans la capitale, poussèrent à bout les Parisiens, ils le chassèrent de la ville, et le régent y rentra bientôt.

Dans le hameau des Carrières existe en ce moment, sur le bord de la Seine, une superbe fonderie de fer, à la tête de laquelle est un Anglais, nommé *Manby*. On y fabrique une grande partie des tuyaux nécessaires au gaz hydrogène dans Paris.

PAVILLON DE GABRIELLE. — Au haut de la montagne, avant d'entrer dans Charenton, on remarque une habitation d'un genre ancien, dont la construction rappelle celles du commencement du dix-septième siècle. Henri IV avait fait bâtir ce pavillon pour Gabrielle d'Estrée. C'était de là qu'elle venait souvent à Vincennes trouver son royal amant. Nous avons lu plus haut, en parlant de la naissance de César de Vendôme, le résultat de ces entrevues réitérées.

La vénérable douairière duchesse d'Orléans avait acquis cette propriété peu de temps avant sa mort, en 1821; elle l'a laissée, par testament, à une des personnes de sa maison.

CHARENTON.—Nous voici dans Charenton. Arrêtons-nous sur le pont. Quelle vue délicieuse et variée! Des îles ornées de peupliers et de saules, de nombreuses maisons de campagne, et, dans le lointain, la jonction de la

5..

Seine et de la Marne, voilà les sites qui enfantent des Watelets.

Le pont de Charenton qui a été reconstruit à plusieurs époques, et qui existait déjà, dit-on, au commencement du neuvième siècle, a toujours été regardé comme la clef de la capitale de ce côté. Aussi les attaques nombreuses qu'il a eu à soutenir l'ont rendu célèbre dans l'histoire de nos troubles civils.

Dès l'an 865, la horde des barbares du Nord, partis de la Scandinavie et des bords de la mer Baltique, les Normands enfin, qui se jetaient, pour la troisième fois sur Lutèce, depuis les commencemens de ce siècle, brûlèrent le pont de Charenton dès qu'ils l'eurent passé, dans la crainte de voir leur arrière-garde surprise.

Six siècles plus tard ce village resta pendant long-temps entre les mains des Anglais, maîtres de la capitale ; mais Jeanne d'Arc, l'inspirée, avait fait couronner Charles VII, qui depuis lors animé d'une ardeur nouvelle, marchait de succès en succès. Bientôt il chasse les Anglais de Paris (1346), tandis qu'un de ses capitaines, nommé *Ferrière*, s'empare sur eux de Charenton et les poursuit jusqu'à Meaux.

Sous Louis XI l'armée du comte de Charolais était en possession de ce poste peu de jours avant le traité de Conflans. *Philippe de Commines*, dans son vieux langage, nous raconte

les risques que le prince bourguignon
y courut à plusieurs reprises:

« Commencèrent (dit-il) les troupes
» du roi Louis XI une tranchée à l'en-
» droit de Charenton, où ils firent un
» boulevert de bois et de terre jusques
» vis-à-vis de notre camp. La rivière de
» Seine étoit entre nous et eux, et là,
» assortirent grand nombre d'artille-
» rie qui commença premièrement à
» tirer par notre camp, et épouvanta
» fort la compagnie ; car elle tira deux
» coups par la chambre où le seigneur
» de Charolais était logé comme il
» disnoit, et vint tuer un trompette
» en apportant un plat de viande sur
» le degré. »

Sous Charles IX, en 1567, les calvinistes prétendant qu'on n'observait pas le traité conclu avec eux à Amboise (en 1563), dont un des articles principaux était le libre exercice de leur culte, entamèrent la deuxième guerre de religion. Le prince de Condé, grand père du vainqueur de Rocroy, qui était leur chef, conçut le projet de bloquer la capitale, où se trouvait la cour. Il s'empara du pont de Charenton; mais bientôt vaincus par les troupes du roi, les calvinistes en vinrent à des accommodemens, et l'on signa à Longjumeau, en 1567, un traité connu sous le nom de petite paix.

En 1590, Henri IV voulant resserrer de plus en plus le blocus de Paris, enleva le pont de Charenton aux Li-

gueurs, qui s'y défendirent avec achar-
nement dans une grosse tour qui en
fermait l'entrée. Irrité de cet obstacle,
il la fit raser dès qu'il en fut maître,
et fit pendre les dix Ligueurs qui lui
avaient tenu tête.

Elevé dans le protestantisme, ce
roi avait jugé nécessaire de se faire
instruire dans la religion catholique
qui était le culte dominant en France,
et il avait fait son abjuration en 1593;
mais reconnaissant les immenses avantages qui résultent d'une douce tolérance, il avait donné l'édit de Nantes
(1598), pour accorder aux calvinistes
le libre exercice de leur culte. Jusqu'alors le temple des protestans le
plus rapproché de la capitale était ce-

lui d'*Ablon*, village sur les bords de la Seine, en face de Ville-Neuve-St.-Georges. Par lettres - patentes du 1er. août 1606, Henri permit aux religionnaires de se rapprocher de Paris et de s'assembler à Charenton pour les actes et cérémonies de leur culte. Aussitôt ils y construisirent un temple; mais cette permission fut cause de plusieurs émeutes parmi le peuple, entre des personnes d'opinions religieuses dissemblables, et donna lieu à des mesures de sévérité de la part du roi. « Pendant le mois d'octobre » 1606, dit Pierre de l'Étoile, dans » son journal, les rumeurs populai- » res, insolences, injures et outrages » aboutissantes à sédition, furent gran-

5...

» des à Paris contre ceux qui alloient
» et venoient aux prêches de Charen-
» ton, si qu'il ne se passoit dimanche
» ne fête qu'il n'y eut quelque nou-
» veau remuement et folie, pour à
» quoi donner ordre (du commande-
» ment même de Sa Majesté), fut
» advisé de dresser à la Porte-Saint-
» Antoine une potence pour y atta-
» cher le premier, tant d'une religion
» que de l'autre, qui seroit si osé de
» troubler le repos public. »

Cet état de choses dura jusque sous
le règne de Louis XIII, vers l'an
1621, que les calvinistes, voyant chaque jour se détruire les priviléges que
leur avait accordés l'édit de Nantes,
se soulevèrent de nouveau, prenant

les ducs de *Rohan* et de *Soubise* pour chefs, et La Rochelle pour quartier-général. Cette révolte amena dans Paris des querelles de parti, suivies bientôt de l'incendie du temple de Charenton par les catholiques. La paix de Montpellier, en 1622, sous Louis XIII, mit fin à ces dissensions religieuses ; ce souverain confirma de nouveau l'édit de Nantes, et les calvinistes firent reconstruire, à leurs frais, à Charenton, un temple magnifique, capable, assure-t-on, de contenir seize mille personnes, chose assez difficile à croire.

Sous la minorité de Louis XIV, deux ans avant le combat de Saint-Antoine, dont nous avons parlé dans la lettre précédente, Condé, qui n'é-

tant pas encore mécontent de la cour,
se battait alors pour elle, reçut l'ordre, en 1649, de bloquer la capitale,
et d'en déloger les Frondeurs commandés par le prince de Conti, son
frère. Le vainqueur de Rocroy chercha à s'emparer de Charenton par où
arrivait une grande partie des sub-
sistances, et il y envoya un corps de
royalistes commandés par le duc de
*Châtillon.*Les Frondeurs avaient pour
chef le marquis de *Chanleu.* De part
et d'autre on fit des prodiges de valeur; près de quatre-vingts officiers,
au nombre desquels étaient les deux
chefs, y perdirent la vie (1), et la

_____

(1) Un des officiers de la Fronde, le marquis

place resta aux royalistes. Ce succès amena bientôt le traité de paix de Ruel, près Paris, et par suite le combat de St.-Antoine.

Louis XIV, sur la fin de ses jours, conseillé par une maîtresse et un confesseur, crut qu'il ne pouvait gagner le ciel qu'à force d'intolérance; la funeste révocation de l'édit de Nantes fut signée. L'ouvrage de Henri IV fut anéanti d'un trait de plume,

---

de Cugnac, petit-fils du maréchal de la Force, se sauva, disent les Mémoires du temps, par une bonne fortune qui figurerait mieux dans un roman que dans une histoire. Un quartier de glace, détaché de la rivière, et sur lequel il sauta du haut du pont de Charenton où il combattait, le transporta heureusement à Paris. — Jamais glaçon n'eut d'attention plus délicate!

et le soir même de cette ordon-
nance, 23 octobre 1685, des sol-
dats envoyés à Charenton abattirent
et rasèrent de fond en comble le temple des protestans.

Pris et repris pendant plusieurs
siècles, le pont fut, en 1714, reconstruit tel qu'il est aujourd'hui. Cent
ans plus tard (1814), les armées coalisées venaient de se jeter sur la France,
l'ennemi menaçait d'être bientôt aux
portes de la capitale, on fortifia les approches de la Marne à son embou-
chure.

Le 30 mars 1814, le prince royal de
Wurtemberg chercha à arrêter les
troupes que Napoléon aurait pu diriger
sur ce point. La défense de Charenton

avait été confiée à une compagnie de
vétérans, à quelques canonniers et aux
élèves de l'Ecole vétérinaire d'Alfort,
jeunesse courageuse qui avait brigué
l'honneur de défendre les approches
de Paris; en vain ces jeunes Français
firent des prodiges de valeur, il fallut
céder au nombre, les colonnes austro-
Wurtembergeoises s'emparèrent du
pont, et le corps d'armée ennemie passa
la nuit à Charenton pour entrer dans la
capitale, selon des conventions, le lendemain 31 mars, époque où tous les
souverains du reste de l'Europe commencèrent à faire payer cher à la
France leurs vingt-deux années de dé-
faites.

Le village de Charenton possède,

dans la partie appelée *St.-Maurice*, un établissement connu, dont la fondation date de 1641 ; c'est un asile où l'on traite les malheureux privés de la raison. Plus de quatre cents personnes des deux sexes y sont admises en payant une pension.

Depuis peu d'années un habile médecin a imaginé de faire usage de la musique et des exercices dramatiques pour la guérison des malades; ce sont les aliénés eux-mêmes qui, dans leurs momens lucides, remplissent les rôles et font leur partie dans les concerts. Heureuse distraction à laquelle on doit déjà, dit-on, les cures les plus remarquables !

C'est dans cette maison que mourut

en 1813 un homme connu par les écarts dépravés de son esprit et de son cœur, le marquis *De Sade*, auteur de l'infâme roman de *Justine, ou les malheurs de la vertu*, prodige monstrueux d'immoralité qu'on ne pouvait avec raison attribuer qu'à des accès de démence.

Sur la place même de Charenton, en quittant le pont, viennent aboutir deux grandes routes, celle de gauche conduit en Suisse par la Champagne, l'autre en Savoie par la Bourgogne et le Lyonnais. C'est cette dernière que l'on suit pour aller au Jard, et dont je parlerai dans la lettre suivante.

LETTRE IIIᵉ.

Alfort.— Ivri.— Maisons.— Vitri.— Creteil. — Choisi. — Valenton. — Ville-Neuve-le-Roi.— Ville-Neuve-St.-Georges. — Ablon. — Crosne. — Montgeron.— Brunoi. — Forêt de Sénart.

> « Qu'il est doux de passer sa vie
> » Près de l'objet de ses amours,
> » De couler sans gloire ses jours
> » Pour les dérober à l'envie.
> » On n'exécute pas toujours
> » Ce beau plan dont l'âme est ravie,
> » Le jeune comte de Moret
> » A seul possédé ce secret. »
>
> (*Romance du comte de Moret.*)

ALFORT. — En quittant Charenton, j'entre dans *Alfort*, hameau qui prend son nom d'un château d'*Allefort*, ou d'*Harfort*, dont l'origine remonte au quatorzième siècle, et dans lequel, en 1766, le gouvernement fonda une école vétérinaire, d'après les idées de *Claude Bourgelat*, savant écuyer, natif de Lyon, qui tira l'hippiatrique de l'espèce d'oubli et du mépris où l'avait plongée un empirisme aveugle. Il fut nommé inspecteur et directeur général des écoles vétérinaires de France, et forma des élèves qui, s'instruisant à l'éducation des animaux domestiques et au traitement de leurs maladies, répandirent bientôt leurs lumières dans les campagnes, et mirent fin aux plus dangereuses épizooties. M. *Huzard*, membre de l'académie royale des sciences, est aujourd'hui à la tête de cet établissement.

Lorqu'en 1814 les puissances de l'Europe, coalisées, menaçaient la capitale de la France, l'école d'Alfort fut tout-à-coup transformée en un camp militaire. Non moins braves que les élèves de l'École polytechnique, ces jeunes praticiens fortifièrent leur château, crénelèrent leurs murailles et se défendirent avec courage.

Ivri. — Le clocher que l'on aperçoit dans le lointain, sur la rive droite de la Seine, est celui du village d'Ivri, où était, sous le règne de Louis XIV, le château du maréchal d'*Uxelles*, homme brave, mais d'un esprit peu élevé, dont son collègue le maréchal de Villars disait : *C'est une bonne caboche , mais ce n'est point une bonne tête.*

Parmi les personnages modernes qui ont habité Ivri , on cite le comte François de J. , ancien avocat , conseiller d'Etat , mort en 1822 , homme de mérite , mais dont le dévouement outré pour la dynastie impériale a fait dire qu'il était un de ces osiers de cour qui se rencontrent sous tous les régimes , et prouvent, en dépit de la géométrie, que la ligne courbe est souvent le plus court chemin d'un point à un autre.

C'est à Ivri que, pendant long-temps, une des prêtresses de Thalie, Mlle. Contat, renommée par son talent, sa beauté et sa douceur, venait se reposer de la scène dramatique ; c'est là qu'elle mourut, en 1813, à l'âge de 48 ans, après avoir compté autant de succès que de rôles. Le trait suivant fait à-la-fois l'éloge de son esprit et de son cœur. En 1789, la reine ayant fait savoir qu'elle voulait aller à la comédie française et qu'elle désirait que Mlle. *Contat* remplît un rôle qui n'était pas le sien, la jeune actrice s'y mit avec zèle, et apprit sept cents vers en vingt-quatre heures. Quelqu'un lui en ayant fait compliment : « J'ignorais jusqu'ici, dit-elle, » où était le siége de la mémoire ; je » sais à présent qu'il est dans le » cœur. »

MAISONS. — Me voici au village de Maisons (en Brie), dont les Anglais restèrent maîtres pendant long-temps à l'époque du quatorzième siècle , et où ils ont laissé, pour trace de leur séjour , une église surmontée d'un lourd clocher en pierre.

Une femme célèbre , en l'honneur de laquelle les murs du palais de nos rois sont encore couverts d'emblêmes et de devises, *Diane de Poitiers*, eut à Maisons une habitation de plaisance dont on voyait les restes au commencement du règne de Louis XIV. Maîtresse de deux de nos souverains, François Ier. et Henri II , le père et le fils, dès que celui-ci eut expiré à la suite du fameux tournois où Mont-

Gommeri le blessa à mort, elle se retira à Maisons, et de là dans sa terre d'*Anet*, près de Dreux, où elle mourut en 1566.

Roberspierre posséda, pendant quelque temps, une habitation au village de Maisons, dont sa présence avait fait fuir tous ceux qui redoutaient le voisinage du bourreau de la France. Ce scélérat étant mort sur l'échafaud, le 28 juillet 1794, on lui fit cette épitaphe :

Passant ne pleure pas son sort,
Car s'il vivait tu serais mort.

VITRY.—En sortant de Maisons, l'on aperçoit à droite le village de Vitry, où vint mourir, en 1060, le troisième roi de France de la race des Capétiens,

G

après trente ans de règne, Henri I, petit-fils de *Hugues Capet*, qui gouverna, dit *Velly*, son royaume avec justice et autorité, chose depuis longtemps inconnue en France.

Si le bourg de Vitry a vu mourir un souverain, il a donné le jour à deux cardinaux : le premier est *Jacques de Vitry*, mort à Rome en 1244, après avoir été employé en France dans plusieurs ambassades, où il fit admirer son érudition et mépriser sa morgue ; le second est *Étienne*, évêque de Paris en 1363, et cardinal en 1368.

Dans les guerres qui eurent lieu en France pendant la prison du roi Jean, les Anglais ravagèrent Vitry. Charles V, en montant sur le trône, répara

les désastres de ce village, et y fit relever une église qui, malgré la plu-
vieuse renommée de Saint-Gervais et
Saint-Protais, ses patrons, avait été la
proie des flammes.

CRETEIL.——Les maisons que je vois
sur ma gauche font partie du bourg
de *Creteil*, célèbre........., à quelques
lieues à la ronde, par les reliques de
St. Agoard et de *St. Aglibert*, marty-
risés à coups de massue, dans cet endroit même, vers les premiers siècles
de l'ère chrétienne.

Le fait suivant, arrivé à Creteil au
roi Louis-le-Jeune (monté sur le trône
en 1137), montre quelle était alors
l'oppression du clergé sur les rois eux-
mêmes : « J'ai vu, dit *Étienne de*

6.

» *Paris* , écrivain contemporain , que
» le roi Louis qui vouloit arriver un
» certain jour à Paris , étant surpris
» de la nuit , se retira dans un village
» appartenant aux chanoines de la
» cathédrale de Paris , appelé *Cre-*
» *teil.* Il y coucha , et les habitans
» fournirent la dépense. Dès le grand
» matin on vint le rapporter aux
» chanoines ; ils en furent fort affli-
» gés , et se dirent les uns les autres :
» c'en est fait de l'Église , les privi-
» léges sont perdus. Il faut ou que le
» roi rende la dépense , ou que l'of-
» fice cesse dans notre église. Le roi
» vint à la cathédrale dès le même
» jour , suivant la coutume où il étoit
» d'aller à la grande église quelque

» temps qu'il fit. Trouvant la porte
» fermée, il en demanda la raison,
» disant que si quelqu'un avoit of-
» fensé cette église, il vouloit l'en
» dédommager. On lui répondit :
» Vraiment, Sire, c'est vous-même
» qui, contre les coutumes et libertés
» sacrées de cette sainte église, avez
» soupé hier à Creteil, non à vos frais,
» mais à ceux des moines de cette ca-
» thédrale. C'est pour cela que l'of-
» fice est cessé ici et que la porte est
» fermée, les chanoines étant résolus
» de plutôt souffrir toutes sortes de
» tourmens que de laisser de leur
» temps enfreindre leurs libertés. —
» Ce roi très chrétien fut frappé de
» ces paroles. — « Ce qui est arrivé,

» dit-il, n'a point été fait de dessein
» prémédité ; la nuit m'a retenu en ce
» lieu, et je n'ai pu arriver à Paris
» comme je me l'étois proposé. C'est
» sans force ni contrainte que les
» gens de Creteil ont fait de la dé-
» pense pour moi ; je suis fâché main-
» tenant d'avoir accepté leurs offres ;
» que l'évêque et tous les chanoines
» approchent ; si je suis en tort, je
» veux donner satisfaction ; si je n'y
» suis pas, je veux m'en tenir à leurs
» avis. » Le roi resta en prières devant
» la porte, en attendant l'évêque et
» les chanoines. On fit l'ouverture des
» portes, il entra dans l'église, et
» pour marquer par un acte extérieur
» qu'il vouloit sincèrement payer la

» dépense qu'il avoit causée, il mit de
» sa propre main une baguette sur
» l'autel, laquelle baguette toutes les
» parties convinrent de faire conser-
» ver soigneusement, parce que l'on
» avoit gravé dessus qu'elle étoit en
» mémoire de la conservation des li-
» bertés de l'église. »

Nous venons de voir un exemple
de la dépendance où les prélats du
royaume tenaient parfois les souverains ; voici un fait d'un autre genre
arrivé dans Creteil à Henri IV ; c'est
Pierre de l'Étoile qui nous le rapporte :
« Henri IV chassant un jour vers
» *Grosbois*, se déroba de la compa-
» gnie comme il fait souvent, et vint
» seul à *Creteil*, qui est à une lieue

» par-delà le pont de Charenton ; où
» étant arrivé sur l'heure du dîner,
» affamé (comme on dit communé-
» ment) comme un chasseur, vint à
» l'hôtellerie, où ayant trouvé l'hô-
» tesse, lui demanda s'il n'y avoit
» rien à dîner. Elle répondit que non,
» et qu'il étoit venu trop tard ; mais à
» l'instant, et visant une broche de
» rôt, demanda pour qui étoit ce rôt-
» là. L'hôtesse lui dit que c'étoit pour
» des Messieurs qui étoient en haut,
» et qu'elle pensoit que ce fussent des
» procureurs. Le roi alors (qu'elle ne
» prenoit que pour un bien simple
» gentilhomme) qui venoit d'arriver,
» qui étoit las et qui avoit faim, leur
» fit dire qu'il les prioit de donner un

» morceau de leur rôt pour de l'ar-
» gent, ou qu'ils l'accommodassent du
» bout de leur table, et qu'il payeroit
» son écot; ce qu'ils lui refusèrent tout
» à plat, disant qu'il n'y en avoit pas
» trop pour eux ; et quant à dîner
» avec eux, ils avoient des affaires en-
» semble et étoient bien aises d'être
» seuls. Le roi ayant entendu cette ré-
» ponse, demanda à l'hôtesse quelque
» garçon pour envoyer là auprès
» lui quérir compagnie; et lui ayant
» donné une pièce d'argent, l'envoya
» au sieur *de Vitry*, qu'il lui désigna
» par un autre nom et par une grande
» casaque rouge qu'il portoit; et que,
» étant là, il lui dit qu'il vint incon-
» tinent trouver le maître du *grand*

6...

» *Cornet.* Ce que le garçon ayant fait,
» et le sieur de Vitry ayant connu par
» son langage que c'étoit le roi, s'en
» vint incontinent trouver sa majesté,
» accompagné de huit ou dix autres,
» lequel ayant conté audit Vitry sa
» desconvenue et la vilainie de ces
» procureurs, le chargea de s'en aller
» saisir d'eux et qu'il les menât à
» *Grosbois* ; et qu'étant là, il ne faillit
» de les très bien fouetter et étriller,
» pour leur apprendre une autre fois
» à être plus courtois avec les gentils-
» hommes. — Ce que ledit sieur Vitry
» exécuta fort bien et promptement,
» nonobstant toutes les raisons, priè-
» res, supplications, remontrances et
» contredits de MM. les procureurs. »

Il existe à Creteil un ancien château, respecté pendant les troubles révolutionnaires. Le comte Serrurier, pair et maréchal de France, gouverneur de l'Hôtel des Invalides pendant douze ans, l'a occupé jusqu'en 1819, époque de sa mort.

Choisy. — Une avenue d'arbres qui commence sur le bord de la route, laisse apercevoir, à quelque distance sur la droite, le village de *Choisy*, connu dès le huitième siècle, et qui, vers la fin du dix-septième, prit le nom de *Choisy-Mademoiselle*, parce qu'elle y avait fait construire, par Mansard, un superbe château où souvent elle reçut la cour. C'est là qu'elle passa les dernières années de sa vie dans la dévotion et l'obscurité, après en avoir vu s'écouler le commencement dans les plaisirs et les intrigues, et le milieu dans les amours et les chagrins que lui causa le duc de Lauzun.

A la mort de Mlle. de Montpensier, en 1693, le dauphin, fils de Louis XIV, et aïeul de Louis XV, celui dont on a dit : fils de roi, frère de roi, et jamais roi, fit l'acquisition de Choisy à son retour de l'armée de Flandres, où il s'était couvert de gloire en 1694. Il se fixa dans ce château, et y perdant de vue les leçons de Bossuet son précepteur, il s'y livra à la table et aux plaisirs qu'il partagea alternativement avec Mme. la comtesse du *Roure* et Mlle. *Choin*, ses maîtresses. Ce prince

ayant par suite échangé cette terre avec
Mme. de Louvois, pour le château et
la seigneurie de Meudon, Choisy passa
quelque temps après entre les mains
de la princesse de *Conti* (Mlle. de Blois,
fille de Louis XIV et de la duchesse
de La Vallière), célèbre par son esprit
et sa beauté, et dont on publia que
Mulei-Ismaël, roi de Maroc, était de-
venu amoureux en voyant son portrait.
C'est à ce sujet que J.-B. Rousseau fit
le sixain suivant :

> Votre beauté, grande princesse,
> Porte les traits dont elle blesse
> Jusques aux plus sauvages lieux.
> L'Afrique avec vous capitule,
> Et les conquêtes de vos yeux
> Vont plus loin que celles d'Hercule.

En 1739 Louis XV acheta le château

de Choisy, et par d'énormes dépenses en fit un séjour vraiment royal. Depuis cette époque le village prit le nom de *Choisy-le-Roi*. Le marteau révolutionnaire a tout détruit. Les jardins sont en labour, et sur l'emplacement des bâtimens se sont élevées des manufactures.

Bernard, l'auteur du poëme de l'*Art d'aimer*, avait été nommé par Louis XV bibliothécaire du château de Choisy. Voltaire mit le sceau à la célébrité de ce poète, en lui donnant le surnom de *Gentil*. Chargé un jour, par Mme. de La Vallière, de l'inviter à souper, il lui écrivit les vers suivans :

Au nom du Pinde et de Cythère,
Gentil Bernard est averti
Que l'art d'aimer doit samedi
Venir souper chez l'art de plaire.

Gentil Bernard, à soixante - huit ans, voulut mettre en pratique les principes de son art d'aimer, mais, victime de son imprudente présomption, il en mourut peu après à Choisy en 1776.

VALENTON. — Le village que l'on aperçoit à gauche est celui de Valenton, renommé par l'agrément de sa situation entre deux grandes routes. C'est là que, depuis l'an 1811, des femmes ont obtenu (sous le régime impérial) de se cloîtrer, en observant la règle sévère des religieux de la Trappe.

VILLE-NEUVE-LE-ROI.—Le parc que l'on aperçoit en face, de l'autre côté de la route, et dont on est séparé par la Seine, dépend du château de *Ville-Neuve-le-Roi*, possédé sous Louis XIV par *Claude Lepelletier*, contrôleur-général des finances après Colbert, en 1683. Lorsqu'il fut installé au ministère, Boileau le satirique, qui le voyait assez souvent, vint lui dire : « Monsei- » gneur, je n'envie de votre nouvelle » dignité que l'occasion que vous allez » avoir de faire plaisir à bien des gens. » Pelletier ayant bientôt reconnu qu'il faisait plus de mécontens que d'heureux, se démit de la place en 1697, et passa le reste de sa vie, jusqu'en 1711, dans sa terre de Ville-Neuve-le-Roi, consacrant son temps à l'étude et aux lettres. Il ne reste plus de ce château, attenant au parc que l'on aperçoit, qu'un pavillon d'où l'on jouit d'une superbe vue.

VÎLLE-NEUVE-SAINT-GEORGES. —
J'entre dans un autre bourg du nom de
Ville-Neuve, surnommé *Saint-Geor-
ges*, à cause du patron de son église.

L'année où Henri IV parvint au trône
de France, en 1589, fut fatale à ce village. Les troupes de la ligue y entrè-
rent par force, et y commirent mille
excès. Ces militaires armés, disaient-
ils, pour la défense de la religion, en
violèrent les préceptes d'une manière
étrange. Après avoir pillé une partie du
village, et s'être adonnés à tous les
excès qui suivent l'intempérance, ils
contraignirent les prêtres, le poignard
sur la gorge, de baptiser tous les animaux, tels que les veaux, les moutons
et les cochons, etc. On se plaignit de

ces violences au duc de Mayenne. « *Il faut patienter*, répondit-il, *j'ai besoin de toutes mes forces pour vaincre le tyran.* » C'était l'épithète la plus modérée que les Ligueurs donnaient alors à Henri IV.

Du temps de la Fronde, sous Louis XIV, Ville-Neuve-Saint-Georges eut encore à souffrir. Le 5 septembre 1652, six semaines après le combat du faubourg Saint-Antoine, Turenne, à la tête des troupes royales, cherchant à empêcher la jonction du prince de Condé avec le duc de Lorraine (1),

(1) Charles IV, duc de Lorraine, était un prince guerrier, plein d'esprit, mais turbulent et capricieux. Il se brouilla souvent avec la France, qui le dépouilla deux fois de ses états,

qui avait pris parti pour les Frondeurs,
vint établir son camp à la porte de Ville-Neuve-Saint-Georges, en se plaçant
derrière le bois dans l'angle que forme

---

et le réduisit à subsister de son armée, qu'il
louait aux princes étrangers. Sa conduite en
amour fut aussi bizarre qu'en guerre. On fit à
la mort de ce prince aventurier (en 1675), l'épitaphe suivante :

> Ci-gît un pauvre duc sans terres,
> Qui fut, jusqu'à ses derniers jours,
> Peu fidèle dans ses amours,
> Et moins fidèle dans ses guerres:
>
> Il donna librement sa foi
> Tour-à-tour à chaque couronne,
> Et se fit une étroite loi
> De ne la garder à personne.
>
> Il entreprit tout au hasard,
> Se fit tout blanc de son épée;
> Il fut brave comme César,
> Et malheureux comme Pompée.
>
> Il se vit toujours maltraité
> Par sa faute et par son caprice ;
> On le détrôna par justice,
> On l'enterra par charité.

la *Seine* et l'*Yères*, qui lui servaient ainsi de retranchemens. Condé quitta Saint-Cloud où il était, et s'avança dans l'intention de le combattre; mais la position des royalistes lui parut si respectable, qu'il se résolut simplement à les resserrer et à les affamer dans leur camp. Les deux armées étaient tellement rapprochées l'une de l'autre, que les boulets passaient pardessus le bois sans faire aucun mal, et cependant des défilés, dangereux pour ceux qui s'y seraient engagés, obligeaient les deux partis à s'en tenir à ces démonstrations d'hostilités. Turenne ayant jugé qu'il avait tenu assez long-temps en échec le prince de Lorraine et l'armée de Condé, et que, pendant cet intervalle, la cour avait pu se ménager, comme elle le désirait, des intelligences dans la capitale; Turenne, dis-je, décampa dans la nuit du 4 au 5 octobre, vint s'établir à Senlis, d'où il partit pour soutenir la cour à Saint-Germain-en-Laye, et escorter le roi, qui fit sa rentrée dans Paris le 21 octobre 1652, époque où se termina la guerre civile de la Fronde.

Vers l'an 1816, l'*Association paternelle des chevaliers de Saint-Louis*, poursuivant avec zèle les occasions de soulager le malheur, avait établi dans ce village une maison de retraite pour les veuves infirmes et malheureuses d'anciens chevaliers de cet ordre. Mais réunies dans le même local, tant de personnes aigries par de longues infortunes, ne purent pas long-temps vivre ensemble, il fallut abandonner un projet aussi louable, et substituer à cette réunion des secours à domicile (1).

ABLON. — Sur ma droite, je reconnais le village d'*Ablon*, célèbre dans les annales de la religion réformée, pour avoir été le premier endroit, près de Paris, où les protestans, du consentement du Roi, firent bâtir, dans le seizième siècle, un temple, détruit sous Louis XIV à l'époque de la révocation de l'édit de Nantes.

C'est dans l'église de ce village que

---

(1) L'association paternelle des chevaliers de St.-Louis est une société de bienfaisance autorisée par le Roi sous la protection de S. A. R. MADAME, duchesse d'Angoulême.

se célébra le mariage de la fille de *Sully* avec le duc de *Rohan.* « Le di-
» manche 13 février 1605, dit Pierre
» de l'Étoile dans son journal, M. de
» Rohan épousa, à Ablon, la fille de
» M. de Rosni. Étant mariée, on lui
» mit aussitôt la couronne ducale sur
» la tête, et fut, en cet équipage,
» conduite à Paris par un bon nombre
» de seigneurs et de gentilshommes,
» auxquels M. de Rosni avait donné
» à dîner au château d'Ablon. »

Ce duc de Rohan était celui qui fut aimé de Henri IV et craint de Louis XIII, contre lequel il comman-da l'armée des Calvinistes. Voltaire a dit de lui :

Avec tous les talens le ciel l'avait fait naître :
Il agit en héros , en sage il écrivit,

Il fut même grand homme en combattant son maître,
Et plus grand lorsqu'il le servit.

La famille *Grassins*, originaire de Sens, et célèbre par son goût pour les lettres et ses libéralités envers les étudians de la capitale, posséda la seigneurie d'Ablon jusque sous Louis XV, époque où *Pierre Grassins*, conseiller au parlement, fonda sous son nom, à Paris, un collége dans la rue des Amandiers. Détruit dans un incendie, un membre de la famille le fit réparer à ses frais, et le recteur, reconnaissant de ce bienfait nouveau, fit graver sur la porte d'entrée les quatre vers suivans, faits par *Piron*, et regardés, avec raison, comme un modèle de laconisme lapidaire :

La flamme avait détruit ces lieux ;
Grassins les rétablit par sa munificence :
Que ce marbre à jamais retrace à tous les yeux,
Le malheur, le bienfait et la reconnaissance.

RIVIÈRE D'YÈRES. — CROSNE. — Au sortir de Ville-Neuve-Saint-Georges, la route est traversée par la petite rivière d'*Yères*, qui, dans ses méandres irréguliers, disparaît en plusieurs endroits, sans laisser de traces de son cours. Le chemin qui longe ses bords se dirige sur le village de Crosne, où prit naissance, le 1er. novembre 1636, *Boileau Despréaux*, le législateur du Parnasse français.

Là naquit Despréaux, leur maître en l'art d'écrire,
Lui qu'arma la raison des traits de la satire,
Qui donnant le précepte et l'exemple à-la-fois,
Établit d'Apollon les rigoureuses lois.

7

MONTGERON. — Me voici à *Montgeron*, dont un des plus anciens seigneurs connus était *Guillaume Budée* (vers 1504), savant célèbre et ambassadeur de François Ier. auprès du pape Léon X. Revenu de sa mission, il passait sa vie dans son cabinet, au milieu de ses livres, dont rien n'était capable de le tirer, comme le prouve le trait suivant : «Le feu venait de prendre à sa » maison, on accourt l'en prévenir. » Avertissez ma femme, répond-il » froidement, vous savez que je ne me » mêle pas du ménage. »

Le château de Montgeron, que l'on aperçoit, en arrivant de Paris, sur la droite, fut possédé par plusieurs personnages importans, parmi lesquels

on cite le chancelier *Brulart de Sillery*,
sous Henri IV, et le marquis de *Bou-*
lainvilliers, prévôt de Paris, qui y fit
d'immenses dépenses en jardins, cas-
cades et statues; c'est de cette époque
que date une pièce de vers latins à la
louange de ce séjour, composée par
un amateur enthousiaste, et commen-
çant par ces mots :

O villa cunctis urbibus jucundior!
O Mongeroni montibus sublimior! etc.

BRUNOY.—La route qu'on laisse à
gauche, en sortant du village de Montgeron, conduit à celui de *Brunoy*. A
ce nom, qui ne se rappelle un marquis
fameux dans son temps par ses extra-
vagantes dépenses. Fils de M. *Páris*

7..

de Montmartel, banquier de la cour de Louis XV, le marquis de Brunoy hérita des biens de son père, mais non de ses talens. Son goût désordonné pour les cérémonies et les ornemens d'église, auxquels il dépensait son revenu, le fit passer pour un fou, et 5oo mille francs qu'il dépensa à Brunoy dans une seule procession, servirent de motif à ses parens pour demander et obtenir son interdiction.

Le château de Brunoy a appartenu depuis, vers l'an 1776, à Monsieur (frère du roi Louis XVI), aujourd'hui Louis XVIII, qui rendit ce séjour enchanteur par les embellissemens dont il l'orna. La révolution est arrivée, tout a été vendu, et *Talma*, notre grand tragique, possède aujourd'hui une partie de l'ancienne habitation du prince.

FORÊT DE SÉNART. — Me voici dans la forêt de *Sénart*, qui tire son nom d'un village situé à quelque distance de Lieusaint, du côté de la Seine. La pyramide au pied de laquelle on passe sur la grande route, fut élevée, on ne sait trop pour quel motif, vers l'an 1781, par l'administration des ponts-et-chaussées. Le large chemin que l'on voit à droite, sur la lisière du bois, et que des barrières interceptent aux voitures, fut tracé pour faciliter les chasses du roi Louis XV, en lui évitant la rencontre des voitures sur une route aussi fréquentée.

La forêt de Sénart est connue pour
avoir pendant long-temps servi de retraite à des religieux ermites, sur l'établissement desquels voici ce que l'on
sait de plus certain :

Vers le onzième siècle, Saint-Ro-
muald, né à Ravennes, ayant résolu de
terminer sa vie dans la solitude, se retira dans l'affreux désert de Camaldoli,
sur les Apennins, non loin de Florence,
et y observa la règle de Saint-Benoît.
Quelques religieux austères et plusieurs
mondains, dégoûtés de la fréquenta-
tion des hommes, vinrent le joindre
dans sa retraite, et transmirent d'âge
en âge à leurs disciples leur goût pour
la solitude et la prière. Répandus de
là dans plusieurs états de l'Europe, ils

parurent en France vers l'an 1626, se fixèrent d'abord dans les montagnes du Dauphiné, et plus tard, vers l'an 1643, dans les bois situés entre le village de *Gros-Bois* et d'*Yères* (1), où ils obtinrent de Charles-de-Valois, duc d'Angoulême (2), des aumônes

---

(1) C'est ce village qui donne son nom à la rivière dont nous avons parlé page 153.

(2) Charles de Valois, duc d'Angoulême, grand prieur de France, comte d'Auvergne, était fils naturel de Charles IX et de *Marie Touchet*. Né en 1573, il partagea sa vie entre les camps, l'étude des lettres et les intrigues. S'étant adonné sous Henri IV à quelques chefs de parti, il devint factieux, conspirateur, et fut enfermé par ordre de ce roi pendant douze ans à la Bastille, dont il sortit sous Louis XIII. Sa mort arriva en 1650. Quelques historiens prétendent que c'était de lui qu'était issue la célèbre aventurière, comtesse *Lamothe de Valois*, si connue par l'affaire du collier sous Louis XVI.

assez considérables pour élever le cou-
vent des *Camaldules,* dont il existe
encore quelques restes.

Vers l'an 1750 plusieurs d'entre ces
religieux ne trouvant pas la réunion
en communauté assez conforme à leurs
règles, allèrent se fixer dans les parties
les plus sauvages de la forêt de Sénart,
près d'un ancien ermitage déjà occupé depuis long-temps par un vieux
anachorète. Les nouveaux venus ayant
obtenu de la reine, épouse de Louis XV,
des secours assez considérables, firent
élever une chapelle et quelques cellules
où ils partageaient leur temps entre
la prière et le travail, s'occupant surtout à fabriquer des étoffes de soie et
de filoselle, qui prirent le nom de *se-*
nardines.

Ces solitaires, qui faisaient des vœux,
bien qu'ils fussent laïcs, ne se nourris-
saient que de végétaux et de laitage.
Ils laissaient croître leur barbe, por-
taient une robe et un capuchon de
serge noire, ne mettaient jamais de
linge, se chaussaient avec des sandales
de bois et couchaient sans jamais se
déshabiller. Il suffit d'avoir un peu lu
l'histoire pour se rappeler qu'Henri IV
eut, d'une maîtresse nommée *Jacque-*
line du Beuil, comtesse de Moret (1),

---

(1) *Jacqueline du Beuil*, comtesse de Moret,
se plaignait toujours de la brièveté des nuits
qu'Henri IV passait près d'elle. Un malheur
inattendu lui ayant fait perdre les yeux, on fit
sur elle le distique suivant :

Cum longas noctes Moreta ab amore rogaret,
Favit amor votis perpetuas que dedit.

De prolonger ses nuits Moret priait l'Amour,
Trop propice le Dieu pour elle éteint le jour.

7...

un fils, connu sous le nom de Antoine
de Bourbon, comte de Moret, dont
la mort n'a jamais été bien connue.
Selon les uns, il fut tué en 1632, sous
Louis XIII, au combat de *Castelnau-*
dari. D'autres, sans réfléchir à la distance des époques, en ont fait le Masque
de fer; ceux là le font mourir ermite
en Portugal; ceux-ci ont prétendu qu'il
avait terminé sa vie dans une forêt de
l'Anjou; mais voici une dernière ver-
sion qui se rapporte aux lieux qui nous
occupent.

Après la bataille de *Castelnaudari*,
où il n'avait été que blessé, le comte
de Moret revint dans le voisinage des
lieux qui l'avaient vu naître, croyant
y retrouver une belle qu'il chérissait,

et à laquelle il avait donné sa foi. Mais,
hélas! il n'arriva que pour apprendre
la mort de sa jeune amante. A cette
nouvelle, attéré par la douleur, il re-
nonça pour jamais au monde, et vêtu
d'un froc d'ermite, il finit dans la
prière et les larmes, au fond de la forêt de Sénart, une vie qui lui devenait
à charge.

Une romance assez jolie a été bro-
dée sur cet épisode; en voici quelques
couplets:

> Le soir même d'une bataille,
> Non loin de Castelnaudari,
> Il dit : adieu Montmorenci,
> Battez-vous d'estoc et de taille.
> J'ai fait mon devoir, Dieu merci,
> Vous souffrirez que je m'en aille;
> Laissez le comte de Moret
> Et vivre et mourir en secret.

Ou le crut mort de ses blessures,
Bien qu'on n'eût pas trouvé son corps :
Mais mon brave courait dès-lors
De moins tragiques aventures.
Avec sa belle et sans remords,
Il fréquentait routes obscures ;
Ce rusé comte de Moret
Faisait toujours tout en secret.

Mais le bonheur ne dure guère :
Le comte perdit par la mort
La beauté qui charmait son sort ;
Il n'aima plus rien sur la terre.
De preux chevalier, sans effort,
Il devint pieux solitaire :
Amans, du comte de Moret
Voilà l'histoire et le secret.

LETTRE IVe.

*Lieusaint. —Lagrange-Laprévote.—
Le Plessis-Picard. — Pouilly-le-
Fort. — Vert-Saint-Denis. —Bré-
viande.—Le Jard.*

> Vive Henri-Quatre,
> Vive ce roi vaillant ;
> Ce diable à quatre
> A le triple talent
> De boire et de battre
> Et d'être un vert galant.

LIEUSAINT.—Je sors de la forêt de Sénart, me voici au village de Lieusaint(1)
(*Locus Sanctus*), ainsi nommé d'une

---

(1) Beaucoup de personnes nomment à tort
ce village *Lieursaint*. Jamais les habitans du
lieu ni les géographes ne le prononcent ou ne
l'écrivent ainsi.

petite chapelle construite sur cet emplacement dans le vi{e} siècle, où l'on avait
recueilli les reliques de plusieurs saints
parmi lesquels on cite *Saint Quintien*,
évêque de Clermont en Auvergne.

Le poète Collé a fait la réputation
de ce village, en y plaçant, dans le
troisième acte de *la Partie de Chasse*,
la scène du souper de Henri IV chez
le meunier *Michau*, scène charmante
remplie de naturel et parfaitement
dans le caractère du héros Béarnais,
mais d'ailleurs complètement apocry-
phe, malgré tout ce qu'on a pu dire à
cet égard, et je vais donner la preuve
de ce que j'avance.

Parmi les nombreux ouvrages historiques dont Henri IV a été le sujet,

ceux qui ont servi de base à tous les autres, sont sa vie, par *Hardouin de Péréfixe* et par *Mézerai*; le *Journal du règne de Henri IV*, par Pierre de Létoile, et les *Mémoires de Sully*. Je les ai tous lus avec attention, et je n'y ai rien trouvé qui eût le moindre rap-port avec la partie de chasse de la forêt de Sénart et le repas chez le meu-nier de Lieusaint. Je dirai plus, j'ai lu d'un bout à l'autre le volume intitulé : *Esprit de Henri IV*, volume où parmi des vérités se sont glissées avec inten-tion de nombreuses erreurs, consa-crées par le temps ou la flatterie; l'ou-vrage est resté muet sur l'anecdote que j'espérais y trouver. Me défiant encore des recherches que j'avais pu faire, j'ai consulté des personnes instruites, et toutes, d'un commun accord, m'ont affirmé que Collé était l'inventeur de cette fable. Je m'imaginai dès-lors que ce poète devait tout son sujet dramatique à la fécondité de son esprit, lorsque feuilletant son Journal, œuvre posthume, j'y lus ce qui suit, à l'article du mois de juin 1760 (tome II).

« J'ai composé à la campagne une » comédie en deux actes et en prose (1),

---

(1) La comédie de Collé, qu'il avait faite comme simple divertissement pour jouer chez le duc d'Orléans, petit-fils du Régent, n'avait dans l'origine que deux actes : il en ajouta depuis un autre, qui est le premier de la pièce actuelle.—Le nom primitif qu'il avait donné à sa pièce était, comme dans l'anglais, *le Roi et le Meunier* ; il ne le changea que lorsqu'il eut ajouté un acte

» intitulée *le Roi et le Meunier*. C'est
» une imitation d'une comédie an-
» glaise en un acte et qui porte ce titre.
» M. Dodsley (1), imprimeur à Lon-
» dres, en est l'auteur original. Elle
» a beaucoup réussi à Londres et est
» restée au théâtre. Elle a été traduite
» en français par M. *Patu* (2), qui la
» donna au public en 1756, dans un

---

nouveau. Cette pièce, qui fut, comme on le voit,
composée en 1760, ne fut jouée qu'en 1774 sur
un théâtre public. La censure s'y était opposée
jusque-là, en disant qu'il n'était pas convenable
de mettre sur la scène un souverain aussi peu
éloigné des temps où l'on vivait.

(1) *Dodsley* (Robert) était un libraire de Londres, auteur de plusieurs ouvrages, mort en
1764.

(2) *Patu* était un avocat au parlement de Paris, né en 1729, mort en 1758, auteur de plusieurs ouvrages.

» recueil de traductions d'autres co-
» médies anglaises.

» En traitant le sujet de M. Dodsley
» je n'ai conservé que le fond des
» meilleures scènes et de l'intrigue, à
» laquelle pourtant j'ai été obligé de
» faire des changemens pour la rap-
» procher de nos mœurs. J'ai trans-
» porté la scène en France et j'ai choisi
» une époque qui pût être agréable et
» piquante, en la prenant dans la fin
» du règne de notre roi Henri IV.
» C'est le tableau (croqué et impar-
» fait à la vérité), mais enfin c'est le
» tableau des vertus domestiques de
» Henri IV, et dans lequel je le peins
» en *déshabillé,* si l'on peut s'exprimer
» ainsi. »

Voulant approfondir jusqu'à quel
point Collé avait fait usage de l'auteur
anglais, je lus la traduction de Patu,
et je demeurai convaincu que les noms
seuls avaient été changés dans la pièce
française, où la forêt de *Sénart* rem-
place la forêt de *Sherwood*, le village
de *Lieusaint* la ville de *Mansfield*, où
Henri IV, roi de France, est substitué
à Henri VI, roi d'Angleterre, et *Margot* et *Cateau*, femme et fille du meunier, à *Marguerite* et *Catherine*. Voici
pour ce qui regarde les noms; je veux
donner à présent une idée des intrigues;
en les plaçant en regard, il sera plus
facile d'en juger.

DODSLEY,
traduit par Patn.

Le Roi et le Meunier de Mansfield, conte dramatique en un acte.

.   .   .   .   .   .

.   .   .   .

.   .   .   .   .

.' .   .   .   .   .   .

Le roi d'Angleterre, Henri VI (qui régna de 1422 à 1471), s'arrête en voyageant dans la ville de Mansfield (comté de Nottingham) et veut y prendre le plaisir de la chasse dans la forêt de Sherwood, située à peu de distance de là. Emporté par la poursuite d'un cerf, il s'éloigne de ceux qui l'accompagnent et s'égare pendant la nuit dans la forêt. Un meunier, que le bruit d'un coup de fusil

COLLÉ.

La Partie de Chasse de Henri IV, comédie en trois actes.

(Le premier acte, qui est la seule partie historique de la pièce, se passe à Fontaine-bleau, et se termine par ces mots sublimes si connus : *Relevez-vous, Sully, on croirait que je vous pardonne*. De là le roi part pour la chasse, et le second acte commence.)

2e. ACTE.

Henri part pour la chasse et veut que Sully, pour qu'elle soit heureuse, l'y accompagne et ne le quitte pas jusqu'à son retour. Un cerf que l'on a poursuivi fait aller le roi de la forêt de Fontaine-bleau dans la forêt de Sénart, près du village de Lieusaint. Il s'est éloigné de sa suite, et seul égaré dans la nuit, il est arrêté par un meunier nommé *Michel Richard*, ou *Michau*, que le bruit

DODSLEY.

COLLÉ.

a fait sortir de chez lui, rencontre Henri, et le prenant pour un des braconniers qu'il présume avoir tiré, veut l'arrêter; mais le roi se fait passer pour un officier de la suite du souverain qui chasse dans les environs, demande au meunier, qui y consent, un asile pour la nuit, et tous deux se rendent au moulin, où se trouvent la meunière Marguerite et sa fille Catau. A ce moment *Richard*, fils du meunier, revient de Londres, où il était allé demander justice d'un lord qui a enlevé *Peggy* sa maîtresse, jeune paysanne des environs qu'il était sur le point d'épouser. N'ayant pu obtenir satisfaction du lord, et sachant en arrivant que le roi chasse dans les environs, il se propose d'aller lui porter ses plaintes.

d'un coup de fusil tiré par des braconniers a fait sortir de chez lui. Michau prenant le roi pour un de ces braconniers, veut l'emmener de force, mais Henri se fait passer pour un officier de la suite du roi, demande asile pour la nuit; on lui accorde, et le meunier le conduit chez lui, où il le présente à sa femme Margot et à sa fille Catau. A ce moment Richard, fils du meunier, revient de Paris, où il était allé demander justice du marquis de Concini qui a fait enlever sa maîtresse nommée Agathe, jeune paysanne qu'il est près d'épouser. Le marquis a fait enfermer cette jeune personne dans une maison où il se proposait de la voir. Richard n'a pu en approcher ni obtenir la satisfaction qu'il était en

DODSLEY.

Cependant on accueil-
le l'étranger, Henri soupe
avec la famille (hors du
théâtre) et vient terminer
son repas sur la scène en
buvant à la santé de ses
hôtes. A cet instant Peg-
gy arrive, le meunier se
refuse à lui faire accueil,
mais elle conte son mal-
heur et prouve qu'elle a
été victime de la violence
de lord *Lurewel*. Le roi
écoute les faits sans se
faire reconnaître, et as-
sure que Henri VI saura
punir le coupable. Ce-
pendant les courtisans de
la suite du souverain ont
été arrêtés dans la forêt
par des gardes qui, les
prenant pour des bracon-
niers, les amènent chez le
meunier, garde principal.
Tous à l'instant recon-
naissent le roi, qui demande aussitôt à lord Lure-
wel, l'un deux, l'explication de son indigne con-

COLLÉ.

droit d'attendre ; ce fâ-
cheux événement a jeté
la consternation dans la
famille de Michau.

3e. ACTE.

Cependant on reçoit l'é-
tranger du mieux qu'on
peut ; Henri soupe avec
la famille, apprend ses
chagrins et promet de
trouver moyen de les
faire cesser. Le souper se
termine, et la suite du
roi entre dans la maison
du meunier pour s'infor-
mer si l'on n'aurait pas
entendu dire où se serait
retiré le roi pendant la
nuit. Au même instant
Sully et les autres cour-

DODSLEY.

duite à l'égard de la jeune Peggy, et sans attendre sa réponse, le condamne à lui donner un contrat de 3oo liv. sterling pour servir à son mariage avec Richard. Le roi récompense ensuite le meunier de son hospitalité, et le quitte en disant : *Je veux que ma cour apprenne que mon trône sera toujours protecteur de la vertu.*

COLLÉ.

tisans le reconnaissent et se félicitent de le retrouver. Concini s'approche du roi, ainsi que les autres ; mais Henri lui ordonne de se retirer de sa présence, et l'envoie en exil. Il unit ensuite Richard et Agathe, passe le reste de la nuit au moulin, et retourne le lendemain à Fontainebleau.

On voit, par ce qui précède, que le roi étant parti de la forêt de Fontainebleau dans le premier acte, il était assez naturel de le faire arriver à Lieusaint, puisque c'est un village qui touche à la forêt de Sénart, peu éloignée elle-même de celle de Fontainebleau ; mais il eût pu tout aussi bien s'égarer dans la forêt de Rougeaux, et arriver au village de Saint-Port.

Ce n'est pas tout; j'ai fait moi-même des recherches dans le village de Lieu-saint, et voici ce que j'en ai retiré.— On m'a fait voir sur la route plusieurs bornes en grès adossées aux dernières maisons de l'endroit, en allant à Me-lun, et portant encore un relief assez fruste d'anciens écussons, où se trou-vaient sculptées, dit-on, les armes de France, provenant de la ferme du meu-nier Michau, dont il avait obtenu la permission de la décorer depuis sa mémorable aventure. J'ai vu avec soin ces différens reliefs, je n'y ai pu dé-couvrir aucune trace de fleurs-de-lys, et je serais tenté de croire plutôt que ces masses de grès proviennent par suite des déprédations révolutionnaires de quelques châteaux voisins, peut-être même de celui de Cramayel. J'ajouterai enfin qu'il ne reste dans le pays personne qui ait le souvenir, quelque ancien qu'il soit, qu'on lui ait jamais parlé de descendans du meunier Michau, et que l'on n'est même pas sûr qu'il ait jamais existé de moulin d'aucune espèce dans le village ou dans les environs.

Au reste, beaucoup d'anecdotes, qui font autant d'honneur que celle-ci au bon Henri, nous dédommagent de cette fable, et l'on pourra toujours s'écrier avec La Harpe, en revoyant la charmante pièce de la *Partie de*

8

Chasse : « qu'elle fera plaisir tant que
» nous en aurons à voir un bon roi jouir
» sans être connu d'un hommage qui
» est l'effusion du cœur et qui ne peut
» être suspect. »

LA GRANGE-LA-PRÉVÔTE. — En sortant de Licusaint, la première avenue qui se présente sur la droite, conduit au château de la *Grange-la-Prévôte*, où vient de mourir tout récemment M. *Clari*, ancien négociant de Marseille, père de deux reines, l'une épouse de *Joseph Napoléon*, l'éphémère roi d'Espagne ; l'autre de *Bernadotte*, actuellement régnant en Suède.

LE PLESSIS-PICARD. — Si le château que j'aperçois à ma gauche, connu sous le nom du *Plessis-Picard*, ne se recommande au voyageur que par un aspect assez agréable, sans rappeler aucun souvenir, il n'en est pas ainsi du hameau que je distingue en m'avançant du même côté de la route : c'est *Pouilly-le-Fort*, où l'on voit encore les restes d'une ancienne forteresse, célèbre dans notre histoire par un traité précurseur d'une trahison.

POUILLY-LE-FORT.— Charles VI régnait sur la France, la guerre civile était allumée de tous côtés entre les Bourguignons et les Armagnacs. Henri V, roi d'Angleterre, profite du moment, il débarque en Normandie, ravage cette province ainsi que la Picardie, terrasse les Français à Azin-

8.

court en 1415, et déjà s'avançait sur
la capitale lorsqu'un péril aussi im-
minent engage les deux partis, qui se
divisaient la France, à oublier leurs
querelles pour chasser l'ennemi commun.

Le chef des Bourguignons, Jean-
sans-Peur (duc de Bourgogne), était
à Pontoise ; le dauphin (depuis Charles VII) occupait la ville de Melun ;
Tanneguy Duchâtel, ancien prévôt
de Paris, fut le médiateur entre les
deux princes, et le rendez-vous fut
assigné à *Pouilly-le-Fort*, village et
château fortifié peu distant de la
ville de Melun. Les deux princes s'y
virent, se donnèrent mutuellement
tous les témoignages de tendresse ca-

pables de caractériser la plus sincère
réconciliation, et la consacrèrent par
sermens solennels sur la croix et l'É-
vangile. Le duc, qui s'était prosterné
lorsqu'il aborda le dauphin, voulut
même, en terminant l'entrevue, tenir
son étrier et l'accompaguer jusqu'à ses
troupes, pour dernière preuve de confiance.

Le traité, signé des deux partis, fut
ratifié en août 1419, par le parlement
de Paris, et les habitans en témoi-
gnèrent leur joie par des fêtes et des
actions de grâces. Un des principaux
articles portait amnistie générale, as-
surance de gouverner ensemble en
bonne intelligence, engagement de
réunir les forces de part et d'autre

pour chasser les Anglais, et promesse
de se retrouver tous les deux , peu de
temps après , à Montereau , pour diriger de là leurs troupes sur l'ennemi
commun. Le traité conclu à *Pouilly-le-*
Fort donnait l'espoir de voir bientôt la
France délivrée d'un joug étranger ,
mais la dissimulation seule avait pré-
sidé à cette réunion ; le duc d'Orléans
fut assassiné à Montereau par les agens
du dauphin ; Isabeau de Bavière , déjà
animée contre son fils , le déclara dé-
chu du trône, et les Anglais ravagèrent
la France, qui, sans Jeanne-d'Arc, allait devenir un fief de l'Angleterre.

Le gothique château de Pouilly
existe encore ; de vieux fossés ruinés ,
des ponts-levis détruits , des tourelles

minées par le temps, attestent son ancienne puissance ; mais la charrue
seule retentit à présent dans les endroits où résonnaient jadis le choc des
lances et le bruit des armures.

« Un long respect consacre encore ces ruines :
» Ici c'est un vieux fort qui , du haut des collines ,
» Tyran de la contrée, effroi de ses vassaux,
» Portait jusques au ciel l'orgueil de ses créneaux ,
» Qui, dans ces temps affreux de discorde et d'alarmes,
» Vit les grands coups de lance et les nobles faits d'armes.
» . . . .
» Ces débris, cette mâle et triste architecture,
» Qu'environne une fraîche et riante verdure ;
» Ces angles , ces glacis, ces vieux restes de tours
» Où l'oiseau couve en paix le fruit de ses amours;
» Et ces troupeaux peuplant ces enceintes guerrières,
» Et l'enfant qui se joue où combattaient ses pères ;
» Ici tout est contraste , et tout montre à nos yeux
» Un tableau doux et fier, champêtre et belliqueux.

(Delille.)

Vert-Saint-Denis.—Bréviande.—

Mais revenons sur notre route; les bois

qui la bordent sur la droite dépendent du village de Vert-Saint-Denis et touchent au parc d'une habitation assez pittoresque, connue sous le nom de *Bréviande*, ancienne forteresse. Des siècles se sont écoulés, les ponts-levis et les fossés ont disparu, et un pavillon, servant de rendez-vous de chasse, s'est élevé sur le même emplacement par les ordres du duc d'Orléans, grand-père du prince actuel de ce nom, lorsqu'il joignit ce domaine à sa terre de Sainte-Assise.

Bréviande, après avoir passé dans plusieurs mains, est possédé aujourd'hui par M. le baron *R........*, ancien préfet du département d'Eure-et-Loir, qui y demeure une grande partie de l'année et ne cesse d'y faire chaque jour des embellissemens nou-veaux, tant au-dedans qu'à l'extérieur, où l'on peut jouir du plaisir de la promenade et de celui de la chasse dans un parc agréable.

Le Jard. — En face des bois de Vert-Saint-Denis, sur la gauche de la grande route, un chemin se présente, c'est celui qui conduit au château du Jard, le but de mon voyage, où viennent aux réminiscences anciennes de l'histoire se grouper des souvenirs récens pleins de charmes pour moi....

On raconte que quelques simples vassaux attirés par le voisinage d'une source abondante et des bois pittoresques, s'étaient fixés sur l'emplace-

8...

ment du Jard avant le milieu du douzième siècle, et y passaient tranquillement leurs jours, lorsqu'un événement inattendu vint substituer à l'humble cabane le palais d'une souveraine.

Le roi Louis-le-Jeune (monté sur le trône en 1137), après avoir fait casser son mariage avec Éléonore d'Aquitaine, aussi belle que coquette et dissolue, venait de contracter de nouveaux liens avec une princesse espagnole que la mort lui avait presque aussitôt ravie. Une nouvelle épouse lui fut offerte, et *Alix de Champagne*, fille de Thibaut-le-Chansonnier, cet amant si passionné de la mère de Saint-Louis, devint reine de France en 1161.—Louis-le-Jeune fréquentait souvent la ville de Melun et s'y établissait dans l'abbaye du Mont-Saint-Pierre (emplacement sur lequel est aujourd'hui élevée la préfecture), dont la vue magnifique sur le cours de la Seine avait toujours pour lui de nouveaux charmes. Il dirigeait de là ses promenades, tantôt sur les bords fleuris de la rivière, tantôt dans les bois pittoresques qui avoisinaient Brie-Comte-Robert. Entraîné un jour dans ces parages par l'ardeur de la chasse, il revenait à Melun accompagné de la reine, à travers des sentiers inaccoutumés. Quelques masures bâties sur les bords d'une source limpide, donnent à Alix l'idée de faire une courte

halte , le site la séduit , son imagina-
tion s'exalte , là même elle conçoit le
projet de bâtir une habitation royale,
et bientôt le palais du Jard s'élève à
grands frais.

Louis-le-Jeune et Alix vivaient dans
la plus étroite intelligence, leurs jours
s'écoulaient au Jard dans le sein des
plaisirs et de la dissipation , une ré-
flexion pénible venait toutefois obs-
curcir par moment le bonheur dont
jouissait le roi ; son âge s'avançait, et
parmi ses nombreux enfans , il ne
comptait pas encore d'héritier de la
couronne. Poursuivi un jour plus qu'à
l'ordinaire par cette pénible pensée, il
conçoit le projet de faire un pèleri-
nage au monastère de Cîteaux ; la

reine l'approuve , il se met en route ,
y arrive au moment où l'abbé et la
communauté se trouvaient rassemblés;
là en présence de tout le chapitre , il
se prosterne à terre sans proférer une
seule parole. « Qu'avez-vous , Sire ?
» relevez-vous de grâce , lui dit l'ab-
» bé en lui présentant la main. —
» Non, répondit le Roi, je veux m'hu-
» milier ainsi jusqu'à ce que l'on
» m'ait promis que, dans peu de temps,
» j'aurai un enfant mâle. — On ne
» peut vous promettre votre demande;
» de telles choses, dirent les religieux,
» appartiennent à Dieu seul. — Mais
» Louis ne tenait compte de leurs
» discours , et s'obstinant à rester sur
» le pavé , les moines firent dévote-

» ment leurs prières en pleurant ; puis,
» inspirés par la grâce divine , ils se
» levèrent et promirent qu'incessam-
» ment le Roi aurait un fils. — Plein
» de ferveur et d'espérance , le mo-
» narque se releva , rendit grâces à
» Dieu , revint au Jard trouver la
» belle Alix (1) , et là , dans la même
» année (1165), naquit *Philippe*, sur-
» nommé *Dieu-Donné* en mémoire
» de cet événement , et *Auguste*, par
» suite des hauts faits qui illustrèrent
» son règne. »

---

(1) Cette reine, si l'on en croit l'histoire, était belle, remplie d'esprit, aimait la poésie et la musique qu'elle cultiva avec succès, et récompensait avec libéralité les beaux esprits et les savans de l'époque.

La reine avait fait vœu de témoigner sa reconnaissance envers la Di-
vinité, par une fondation digne d'une
souveraine ; elle établit pour l'accom-
plir un monastère de chanoines régu-
liers de l'ordre de St.-Augustin, dans
un endroit nommé *Passy*, à peu de
distance du Jard, près de la petite
ville de *Brie-Comte-Robert*.

Vingt années de la plus douce
union n'avaient pu affaiblir la touchante amitié des augustes époux,
lorsque la mort vint frapper le roi
(1180). Dès-lors l'inconsolable Alix
ne retrouva plus au Jard que de dou-
loureux souvenirs ; chaque voyage
qu'elle y faisait lui causait de nou-

relles larmes ; elle le quitta (1199)
pour n'y plus revenir , et alla chercher des consolations dans le monastère de Passy. Après y avoir passé
quelque temps , les religieux , en
lui faisant leurs adieux , la supplie-
rent d'observer qu'ils y étaient logés à l'étroit , que le sol était aride ,
et demandèrent , comme faveur insi-
gne , d'être transférés dans d'autres
lieux. La reine promit d'avoir égard à
leur demande ; elle songea bientôt à
leur abandonner son château du Jard,
et une bulle du pape *Innocent III*
(1204) l'érigea en abbaye.

Les religieux firent leur cloître du
palais , et commencèrent avec l'au-

môme des fidèles la construction d'une église terminée en 1287, et dont *Gis-les*, archevêque de Sens, vint faire la consécration sous l'invocation de St. Jean-Baptiste (1), en accordant des indulgences à ceux qui viendraient y prier le jour de nativité (24 juin), et de la décollation de ce patron (29 août).

Pendant deux ou trois siècles, l'abbaye du Jard continua de recevoir des dons et des libéralités, tant de nos rois que de différens princes, et

---

(1) On voit encore aujourd'hui (1823) dans le potager du château du Jard, au-dessus de la fontaine, une statue que l'on prétend être celle de St.-Jean, reste de toutes celles qui décoraient l'église lors de sa destruction.

surtout des vicomtes de Melun, qui en furent regardés comme les protecteurs continuels (1).

---

(1) La maison aussi ancienne qu'illustre des seigneurs de Melun, dont les premiers sont connus dans l'histoire sous le titre de comtes, et par suite de vicomtes, remonte au règne de Clovis. Ils ne cessèrent de répandre des largesses sur l'abbaye du Jard, et contribuèrent particulièrement à l'érection de l'église, à charge par les religieux de recevoir leur dépouille mortelle et de l'inhumer dans le sanctuaire. On y voyait, disent les anciennes chartes, les tombeaux en marbre blanc de beaucoup de membres de cette famille, parmi lesquels on distinguait :

Louis Ier., vicomte de Melun, mort sous le règne de Louis-le-Jeune en 1257.

Guillaume, vicomte de Melun, mort en 1221 sous le règne de Philippe-Auguste.

Jean II, vicomte de Melun, que *Louis X* appelait *Consanguineus noster* (notre cousin), et

Tous les abbés de ce monastère dépendaient de l'archevêque de Sens, auquel ils juraient obéissance à la cérémonie de leur réception, qui avait coutume de se pratiquer dans l'abbaye de Saint-Pierre de Melun.

---

qui fit les fonctions de chambellan sous *Philippe-le-Long*, *Charles-le-Bel* et *Philippe-de-Valois*, sous le règne duquel il mourut en 1347.

Adam de Melun, Chambellan des rois Jean et Charles V, mort en 1362.

Jean III, vicomte de Melun, grand-chambellan de France sous le roi Jean, avec lequel il fut fait prisonnier à la bataille de Poitiers (1356), après avoir combattu à ses côtés. Mort en 1382.

Guillaume IV, vicomte de Melun, premier chambellan du roi Charles VI, tué à la bataille d'Azincourt en 1415. Son corps fut rapporté au Jard, et inhumé à côté de ses ancêtres.

On distinguait encore beaucoup d'autres membres de cette famille, qui s'éteignit complètement vers l'an 1759.

Sans relater ici d'une manière aussi inutile que fastidieuse les noms de tous les abbés du Jard (1), je veux cependant parler de quelques-uns des plus remarquables.

Le premier fut *Pierre de Corbeil*, de la maison des comtes de ce nom. Il avait été chanoine et docteur en théologie (2) à la Faculté de Paris, où

---

(1) L'article biographique de tous les abbés du Jard se trouve avec détail dans le tome XII in-fol. de l'ouvrage intitulé : *Gallia Christiana*.

(2) Le pape *Innocent III* (auparavant Lothaire Conti), de la maison des comtes de Segni, fut élu en 1198 à trente-sept ans, après avoir étudié à Rome et à Paris sous *Pierre de Corbeil*, docteur en théologie. C'est à ce pape, élève d'un abbé du Jard, qu'on doit l'établissement de l'inquisition. — Ce St.-Père possédait une vaste érudition ; mais il tombait parfois dans une mys-

il avait eu le pape Innocent III pour
disciple. L'élève, revêtu de la thiare,

---

ticité de langage incompréhensible, comme on
peut en juger par l'exemple suivant :

Vers l'an 1213, Jean-sans-Terre, roi d'Angleterre, s'étant reconnu son vassal, Innocent III
lui envoya quatre anneaux garnis de pierreries,
avec une lettre remplie d'allusions singulières.
Il l'invite à considérer la forme, le nombre, la
matière et la couleur de ces anneaux. La forme,
qui est ronde, représente l'éternité, et doit le
détacher de toutes choses temporelles pour le
faire aspirer aux choses éternelles. — Le nombre qui est quatre, désigne la fermeté d'une
âme supérieure aux vicissitudes de la fortune,
et fondée sur les quatre vertus cardinales.—La
matière, qui est l'or, le plus précieux des mé-
taux, signifie la sagesse, que Salomon préférait
à tous les biens. — Le vert de l'émeraude an-
nonce la foi ; le bleu du saphir, l'espérance ; le
rouge du rubis, la charité ; le brillant de la
topaze, les bonnes œuvres. — A bon entendeur,
salut !

Ce langage symbolique me rappelle un dis-

favorisa son ancien maître dans toutes les occasions , lui fit obtenir l'évêché de Cambrai, et par suite l'archevêché de Sens, où ce savant prélat mourut en 1222, au milieu d'un service divin qu'il y célébrait.

Vers l'an 1534 , l'abbaye du Jard devint commendataire dans la personne de *Philibert Babou*, maître-d'hôtel de François Ier., l'un des ancêtres de Gabrielle d'Estrées et du roi Louis XV par les femmes , généalogie peu connue, et dont je place ici des-

cours à-peu-près semblable, prononcé par un ecclésiastique de Soissons, le 27 juillet 1820, en donnant l'anneau du mariage à M. de B..... Ces allusions singulières avaient frappé les auditeurs sans les émouvoir.

sous le détail (1), extrait en partie de Moréri, article *Babou.*

Deux autres personnages du nom de Babou furent abbés du Jard ; l'un était

---

(1) Laurent *Babou*, notaire à Bourges, épousa en mai 1483 Mlle. *Ra*, dont il eut

Philibert *Babou*, abbé du Jard, maître-d'hôtel du roi François Ier. Il épousa Marie *Gaudin*, dont il eut

Jean *Babou*, abbé du Jard, seigneur de la Bourdaisière, maître-général de l'artillerie sous le roi François II. Il se maria en 1559 à Françoise *Robertet*, dont il eut

Françoise *Babou*, mariée le 14 février 1579 à Antoine *d'Estrées*, seigneur de Cœuvres, dont est issue

Gabrielle *d'Estrées*, maîtresse de Henri IV, qui eut de ce souverain

César, duc de *Vendôme*, marié en 1609 à Françoise de Lorraine, duchesse de Mercœur, dont il eut

Elisabeth de Vendôme, mariée le 9 juillet 1643 à *Charles-Amédée de Savoie*, *duc de Nemours*, dont est issue, le 11 avril 1644,

maître-général de l'artillerie sous François II et Charles IX, et grand-père de
Gabrielle d'Estrées, et l'autre était Philibert Babou (frère du maître-d'hôtel
de François Ier.), cardinal en 1561.

L'avant-dernier abbé fut Chaumont
de la Galaisière; et le dernier nommé
en avril 1742, était Claude-Henri Fu-
sée de *Voisenon*, membre de l'Académie française, né au château de Voi-

---

Marie-Jeanne-Baptiste de Savoie, mariée en
1665 à *Charles-Emmanuel II, duc de Savoie,*
dont est issu, le 14 mai 1666,

Victor-Amédée-François de Savoie, roi de
Sardaigne, marié le 10 avril 1684 à *Anne-Ma-
rie d'Orléans*, dont il a eu, le 6 décembre 1685,

Marie-Adélaïde de Savoie, mariée le 7 décembre 1697 à *Louis de France, duc de Bourgogne*, dont est issu, le 15 février 1710,

Louis XV, dit *le Bien-Aimé*, roi de France
et de Navarre.

senon (mur mitoyen de celui du Jard)
le 8 janvier 1708, mort dans ce même
château le 22 novembre 1775.

C'était un de ces abbés musqués plus
adonnés au monde et à la galanterie
qu'à la prière et à l'église dont il ne prenait qu'à son aise. Esprit délicat, jo-
vial et prompt à l'épigramme, il fut
recherché, fêté et bientôt admis à l'A-
cadémie, dont il se flattait d'être l'*ar-
lequin*. Avec la figure d'un singe, il
semblait en avoir la légèreté, et les
femmes s'amusaient de lui comme d'un
homme sans conséquence.

Il fit plusieurs ouvrages, parmi lesquels on remarque ses *contes*, son histoire *de la félicité*, et quelques comé-

9

dies, telles que les *Mariages assortis* et la *Coquette fixée.*

Cet abbé était fort lié avec Favart, surnommé le La Fontaine du Vaudeville, et connu par des comédies charmantes, telles que *la Chercheuse d'esprit,* dont le public crut pendant longtemps que Voisenon était l'auteur. Le temps a dissipé cette erreur, et l'on sait aujourd'hui que si l'abbé se mêlait parfois de ce qui n'aurait dû regarder que son ami seul, c'est quand il courtisait avec suite Mme. Favart, charmante actrice et aimable auteur, dont les liaisons avec l'abbé donnèrent carrière à la malignité publique.

On lit dans les *Mémoires du règne*

de Louis XIV, qu'un certain abbé de Pompadour, mort en 1710, craignant de manquer une lecture de bréviaire, mettait sa conscience à l'abri de ce reproche en le faisant dire par son valet-de-chambre quand le temps ne lui permettait pas de concilier ses plaisirs et ses devoirs. L'abbé de Voisenon était plus scrupuleux, il s'en chargeait lui-même, et il en marquait les renvois avec des chansons de sa façon. Il était reconnu pour un homme faible et sans volonté. Ayant été revêtu d'une mission diplomatique, Duclos, secrétaire de l'Académie française, lui dit avec finesse : « Je vous félicite, mon cher » confrère, vous allez donc enfin avoir » un caractère. »

A l'époque de la révolution, l'abbaye
du Jard subit le sort de tous les éta-
blissemens religieux. Elle fut vendue
en 1790 à M. de Vergès, qui se dispo-
sait à en faire une maison de campagne,
lorsque, par de nouvelles dispositions,
il la mit en vente en 1793, et M. R...,
ancien intendant de Champagne, con-
seiller-d'État honoraire, en fit l'acquisition.

Entre les mains de ce nouveau pro-
priétaire le Jard prend une vie nouvelle, l'anciénne monotonie du cloître
se change en fabriques élégantes. Les
sources naguère encaissées coulent li-
brement au travers de la prairie. Des
massifs de verdure heureusement mé-
nagés laissent apercevoir, des fenétres,

du salon, une décoration d'opéra où Ci-
ceri et Daguerre viendraient puiser des
études. Partout l'art à su profiter de la
nature. Tantôt une roche mamelonnée
s'ombrage de groupes de mélèses; tantôt un jet de peupliers s'élançant vers les
nuages, s'environne mollement d'une
ceinture de saules pleureurs:

Là, les arbres divers adroitement plantés,
Du plus vaste lointain nous livrent les beautés.
. . . .
Là, ce sont des oiseaux qui, d'une rame agile,
Navigateurs ailés fendent l'onde docile.
A leur tête s'avance et nage avec fierté
Le cygne au cou superbe, au plumage argenté.
A sa suite un essaim de ces oiseaux rameurs,
Tous différens de voix, de plumage et de mœurs,
Fend les eaux, bat les airs de ses ailes bruyantes;
Tout jouit, tout s'anime, et les eaux sont vivantes.

Un parc, agréablement percé, offre

9..

de nombreuses promenades. Dans cet épais fourré l'on vient entretenir sa sombre rêverie; dans cette vaste allée le cœur semble s'ouvrir à l'espoir.... Mais un arbre isolé frappe mes yeux; des lignes sont tracées sur son écorce. Je m'approche, et je lis:

ARBRE DE MARIE.

Un bras cruel allait m'ôter la vie,
Le fer s'arrête à la voix de Marie:
Rameaux hospitaliers qu'elle a su conserver,
Contre les feux du jour jurez de l'abriter;
Chaque printemps autour de mon feuillage
Ses amis jouiront d'un salutaire ombrage,
Non pas tous à-la-fois, car pour les réunir
Mon toit jusqu'à Melun aurait beau s'élargir,
Il ne saurait les contenir.

Je reconnais le poète; c'est de la verve

du cœur, et je fais chorus en l'honneur de Marie (1).

Si le berceau de Philippe-Auguste a des charmes dont j'ai tracé une imparfaite esquisse, n'allez pas le visiter en l'absence des seigneurs châtelains, vous n'y trouveriez qu'un beau paysage inanimé. *Le Jard, sans ses maîtres, est un hameçon sans appâts.*

---

(1) On faisait une coupe de bois dans le parc; un bel arbre frappe Mme. R..... (Marie); elle obtient qu'on l'épargne, et M. de L..... écrivit sur son écorce, un moment après, les vers qu'on vient de lire.

FIN.

LISTE

DES OUVRAGES CONSULTÉS.

———◦◦◦———

Encyclopédie.

Histoire de France, de Mézeray.

Victoires et conquêtes des Français, depuis l'origine de la monarchie.

Art de vérifier les dates.

Journal du règne de Henri IV, par Pierre de l'Etoile.

Cours de littérature, de La Harpe.

Œuvres de Delille.

Dictionnaire historique.

Mémoires de Linguet et Dussault sur la Bastille.

Histoire des Croisades, de Michaud.

Recherches sur la France. (Imp. 1776.)

L'Esprit de la Fronde.

Dictionnaire historique et topographique des environs de Paris.

Biographie universelle.

Le Génie du Christianisme, par M. de Châteaubriand.

Histoire de France, par Vély.

Histoire de France, par Anquetil[1].

Mémorial de Sainte-Hélène, par M. de Las-Cases.

Mémoires pour servir à l'Histoire de la maison de Condé.

Histoire de Paris, par Dulaure.

Encouragemens de la Jeunesse, par Bouilly.

Le Dix-huitième siècle, par Lacretelle.

Dictionnaire géographique, de La Martinière.

Gallia Christiana.

Histoire du Diocèse de Paris, par l'abbé Le Bœuf.

Dictionnaire historique de la ville de Paris et de ses environs, par Hurtaut et Magny.

Dictionnaire des Ordres monastiques, religieux et militaires.

Dictionnaire de Bayle.

Dictionnaire de Moréri.

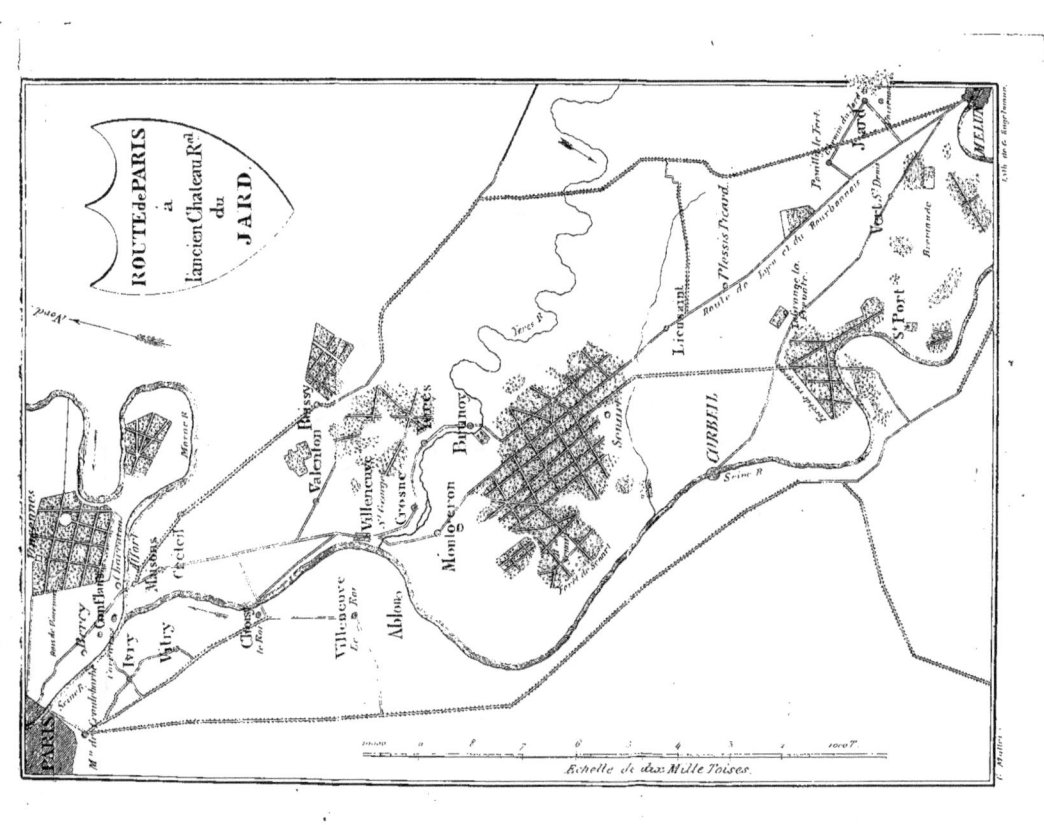

ROUTE de PARIS
à
l'ancien Chateau R.ⁱ
du
JARD.

Nord

Echelle de dix Mille Toises.